신의 선물

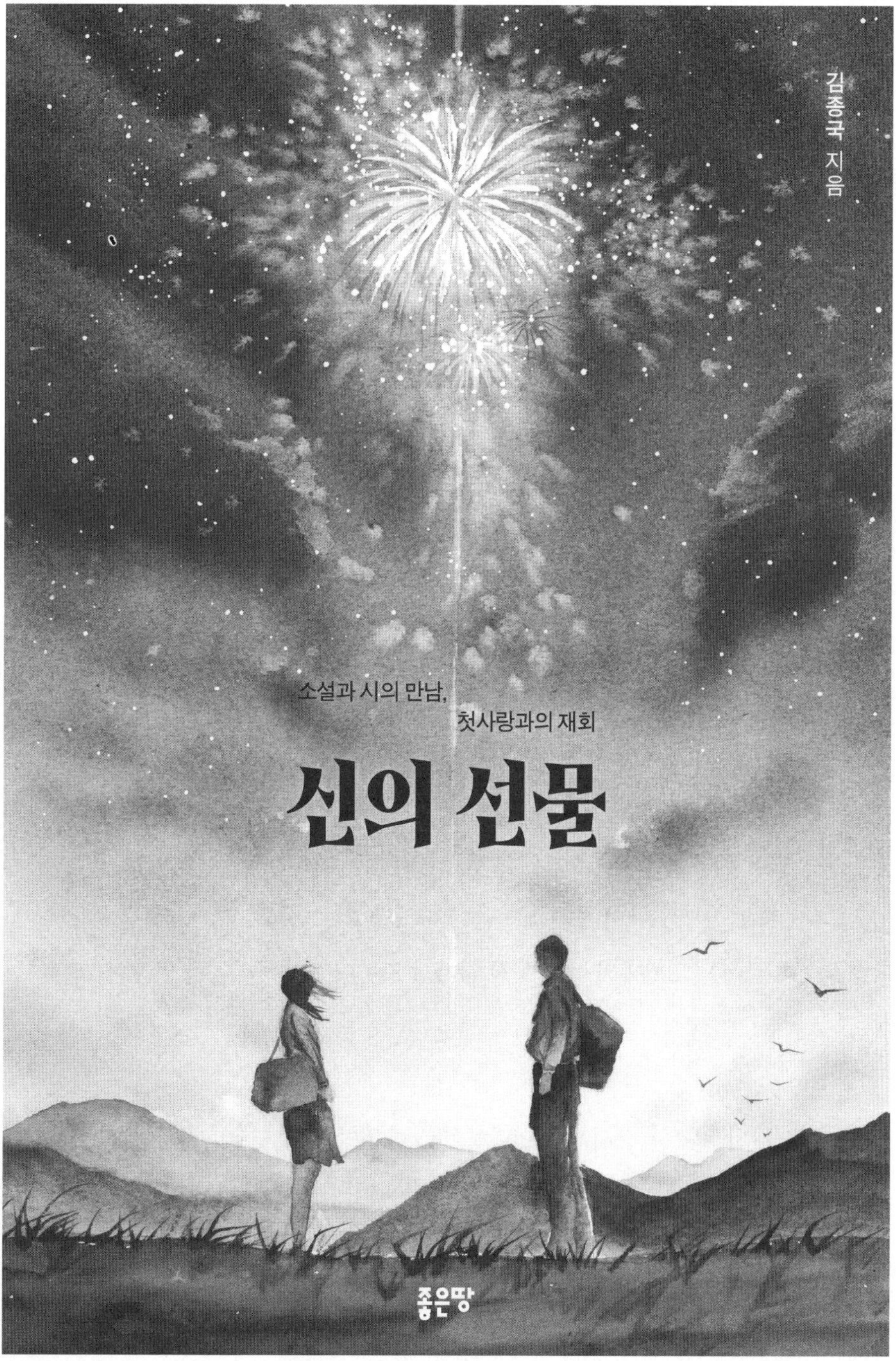
김종국 지음
소설과 시의 만남,
첫사랑과의 재회
신의 선물
좋은땅

prologue

다락방 구석진 곳에 먼지 가득 쌓인 채로 잊혀져 간 원고가 있었다.

졸렬한 이 글을 오래전에 아는 지인들에게 잠시 공개한 적이 있었다. 그때 이 글을 마주한 지인이 술좌석에서 이 글을 들추어내었다. 좀 더 다듬어서 햇빛을 볼 수 있었으면 좋겠다고 했다.

가슴 한쪽에 자리한 잊힌 통증이 불쑥 나를 일으켜 세웠다. 먼지를 후 욱 불어 가며 다시 읽어 보았다. 헤밍웨이가 "모든 초고는 걸레다."라고 표현하였다. 나의 글을 보고 한 말이었다. 치부를 드러낸 것처럼 부끄러웠다. 형편없는 이런 글을 교정도 안 보고 공개하였다니….

동화 작가를 꿈꾸는 동료에게 객관적인 평가를 해 달라고 원고를 넘겼다. 꽤 재미가 있다며 용기를 북돋아 주었다.

이 글이 나오기까지 예비 동화 작가의 도움이 지대하였음을 밝혀 두고 싶다.

오래된 원고를 다시 리모델링하기로 마음먹었다. 리모델링하는 김에 확장 공사까지 발주하였다. 처음 계획한 것처럼 순조롭지 않았다. 많이도 뜯어고쳤다. 소설로만으로는 무미건조하여 또 부족함을 감추기 위하여 내용에 걸맞은 시를 액세서리로 포장을 하였다. 때로는 내용과는 무관한 시도 덧붙인 곳이 있다. 너덜너덜할 수도 있겠다. 있는 그대로를 보여 주자.

리모델링을 하였지만, 내용상 일반적인 소설의 구성 요소를 갖추지 못했다. 형식을 떠나 잔잔한 나의 이야기를 하고 싶었다. 갈등과 반전 등의 요소가 많이 없어 밋밋한 국물을 마시는 기분일 수 있을 것이다.

다음에 기회가 된다면 고민하여 좀 더 갈등을 끌어내고 반전을 꾀하여 사실적인 느낌이 들 수 있도록 써 보고 싶다.

내 옆지기 입장에선 옛사랑에 대한 글이라 상당히 언짢을 수 있는 내용임에도 이 글을 구성하는 데 도움까지 주었다. 또한 이 글을 세상 밖으로 끄집어낼 수 있도록 물심양면으로 도와주었다.

지인들의 격려와 도움이 없었다면 다락방 어디 한구석에 처박혀 있을 글이었다. 미완성된 글일 수도 있지만 읽으면서 풋풋했던 추억을 끄집어내는 기회가 되었으면 하는 바람이다.

|목차|

prologue   … 4

재회   **선택**

1. 장례식장   … 10   15. 재방문   … 80
2. 연락처   … 14   16. 간절곶   … 87
3. 컬러링   … 18   17. 제안   … 93
4. 약속   … 21   18. 나의 선택   … 98
5. 느린 시계   … 26   19. 과거와의 이별   … 103
6. 만남   … 30   20. 편안한 관계   … 109
7. 안부   … 35   21. 거리감   … 115
8. 찾아오다   … 42

                            과거 지우기
과거 회상
                            22. 기다림   … 124
9. 회상   … 48   23. 나들이   … 129
10. 첫 만남   … 53   24. 추억을 찾아서   … 134
11. 징집영장   … 58   25. 팔짱   … 141
12. 논산 훈련소   … 62   26. 이별   … 147
13. 상봉   … 66   27. 버킷리스트   … 156
14. 자대 생활   … 73   28. 옛 친구   … 163
                            29. 부산 방문 요청   … 171

30. 해운대 추억 … 176

31. 해운대 만남 … 184

32. 노래방 입성 … 191

33. 노래방에서 … 197

34. 다가오는 그녀 … 203

35. 해운대 밤바다 … 210

갈등

36. 울 마누라 … 220

37. 울산 무거동 … 228

38. 모텔 투숙 … 236

39. 등산 계획 … 243

40. 변질 … 248

41. 불시착 … 252

42. 무소식 … 257

43. 발랄한 꽃 … 261

44. 회춘 … 268

45. 이별 … 273

46. 집착 … 279

신의 선물

47. 오빠 … 286

48. 아픈 추억 … 293

49. 디자이너 … 299

50. 재도전 … 307

51. 선한 거짓말 … 311

52. 안전사고 … 318

53. 뜨거운 입김 … 323

54. 신의 선물 … 330

55. 견고한 담장 … 336

56. 슈트 선물 … 341

57. 옹이와 마디 … 346

재회

———

1

장례식장

    결혼생활 30년 정으로 사는 건지, 의리로 사는 건지, 자식들을 매개체로 사는 건지, 다람쥐 쳇바퀴처럼 무미건조한 일상의 연속이었다.

    쇼킹한 일이나, 눈길 끌 만한 여인네 아니면 활력소가 될 만한 일은 없는지 찾고 있었다.

    이래저래 무탈하게 무덤덤한 일상 속에 있는데 대학 친구로부터 전화가 왔다.

대학 친구가

"영진이 모친이 돌아가셨다."라며 부고 소식을 전하였다.

    그러고 보니 부산 친구들뿐만 아니라, 부산 내려간 지도 한참 되었다.

    대학 모임을 정기적으로 할 필요성이 느껴진다. 부조금만 계좌로 보내는 것보다는 친구들 얼굴도 볼 겸 조문하기로 하였다.

    이런저런 이야기를 한참이나 나눈 후, 저녁 7시에 장례식장에서 만나자 하고 전화를 끊었다.

등산복 차림의 일상인데…

간만에 검은 양복에 검정 넥타이를 끄집어내어 걸쳤다. 나이가 든 후 검은색은 나와 어울리지 않는다는 것을 새삼 확인한다. 장례식장에 갈 때가 아니면 검정색 양복을 입을 경우가 거의 없다.

장례식장에 들어서니 이놈 저놈들이 일어서며 반갑게 맞아 준다. 몇 년 사이 이마가 반질반질한 친구부터 폭삭 늙은 친구들도 있다.

92세로 돌아가셨으니 우리들의 기준에서는 호상이라 하지만…

상주 친구 입장에선 가슴이 많이 아플 것이다.

특히 장례식을 치룬 후 문득문득 송곳으로 가슴을 찔러 올 것이다. 거처하시던 방문을 열면 계실 것 같고, 할머니 하고 부르면 당장이라도 걸어나오실 것 같은 아픈 착각에 빠지기도 할 것이다.

그럼에도 불구하고 친구들이 아랑곳하지 않고 내는 웃음소리가 여기 저기 들려온다.

어쩌면 장례식은 산 자들의 축제일 수 있다. 친구 어머님 역시 무거운 육체를 버리고 영혼의 자유를 찾은 것이기도 하다. 달리 생각하면 죽음은 또 다른 만남이다. 어머니의 어머니 그리고 아버지, 조부모, 형제 등을 만나는 통로일 수도 있겠다. 이런 의미로 죽음을 맞이한다면 크게 슬프지 않아도 되겠다.

단지 남아 있는 가족들이 매일 마주하지 못함이 안타까울 뿐이다.

삼삼오오 모여 소주가 몇 순배 돌았다. 주된 관심사는 먹고사는 이야기에서부터 새벽에 기별이 없다는 등이었다.

　이미 범주를 벗어난 정치 이야기로 시끌벅적한 곳도 있었다. 또 누구누구는 이혼했다더라 하며, 그 친구의 아픈 역사를 끄집어내기도 하였다.

　한데 그 사이 술기운이 오른 친구 한 놈이 고래고래 소리를 지르며,

"강열아 너 옛 여자친구 이혼했더라."

　헉⋯. 저 자식이!

　엄숙한 이런 자리에서 옛 여자친구 이혼 소식이나 전하고⋯.

　그냥 살짝 나한테만 전해 주면 좋았을 터인데⋯.

　다행히 다른 친구들은 강호 친구의 말에 별 흥미를 못 느끼고 있었다. 친구들은 각자 자기 이야기하느라 정신이 없었다. 첫사랑 이혼 소식은 다른 이야기 묻혀 가고 있었다. 나도 짐짓 쓴웃음 지으며 예사로이 흘려 듣는 척했다.

《날이 참 좋습니다》

　날씨가 참 좋은데 할 일을 잃고 멍하니
　의자에 기댄 채 시간을 죽이고 있으니
　그대가 생각납니다

　사실 시도 때도 없이

차 한 잔을 앞에 두고도
그대를 늘 떠올리고 그리워합니다

지난 시간 아픔이었습니다
지워지지 않는 흔적에
가슴을 부여잡고 헛구역질을 해 댔습니다

시간 덕분인지 망각이란 단어 덕분인지
간신히 간신히 견딜 만한 여유가 생겼습니다

잘 지내는지 걱정도 됩니다
전처럼 가슴을 쥐어짤까 봐
다가가지 못하고 소식도 묻지 못하고

아직도 믿음이 없어
머뭇거리고 있습니다
오늘따라 날이 참 좋습니다

2

연락처

짐짓 흘려듣는 척했지만 가슴 한구석에선 이미 쿵쾅쿵쾅이다.

그녀와 난 6년을 사귀었고 합의(?)된 이별식을 했었다. 6년을 같이 붙어 다니다 보니 주위 모든 이들이 우리가 결혼할 것으로 생각했다.

하지만 오랜 시간 함께하다 보니 건성건성 만나게 되고 설렘도 사라져 가고 있었다. 군대 있을 때를 제외하곤 매일 만나다시피 하니 소중함을 느끼기보다는 귀찮음도 조금씩 싹 트고 있었다.

특히 군대 제대 후 학교도 2년을 더 다녀야 하는데, 심심하면 결혼 이야기로 스트레스를 주며, 결혼을 재촉할 땐 더 귀찮고 떼어 내고 싶었다. 싫어서도, 사랑이 식어서도 결코 아니었다.

졸업이 2년이나 남았는데, 결혼은 엄두도 낼 수 없었기 때문이었다. 경제력도 없는 학생에게 얼토당토않은 결혼 이야기를 끄집어내는 이유를 그땐 몰랐었다.

대학생 남자들 대다수는 2학년을 마치고 군대에 간다. 군대 가 있는 동안 대다수 여자가 고무신을 거꾸로 신는다.

하지만 그녀는 집요하게 매달 면회를 오고 매일 분홍색 볼펜으로 편지를 제대하는 순간까지 보내 왔다.

제대를 하기 1년 전에 그녀는 대학을 졸업을 하고 NN패션회사에 취업을 하였었다.

나는 울산으로 돌아온 후 그녀의 이혼 소식에 일이 손에 잡히질 않았다.

이혼 소식이 아니라 잘 살고 있더란 소식이었으면….

"사촌이 논을 사면 배가 아프다."는 못된 심보가 발현되었을까. 아니면 "그래 참으로 기분 좋은 소식이다." 하고 끝냈을까?

솔직히 장담할 수 없다.

아마도 복잡 미묘했을 것이다.

그러나 이런 감정의 여운은 오래가지 않았을 것이다. 이혼 소식에 내가 흔들리고 있는 것이다. 돌싱녀이기에 내가 편안하게 접근하여 옛 감정으로 마주하고 싶어서는 아니다. 솔직히 측은지심일 것이다.

사실 30년이란 세월이 흘렀기에 까맣게 잊고 살았다. 까맣게는 과한 표현이다.

가끔씩 구전으로 소식을 듣기도 하였다. 문득문득 생각이 날 때도 있었지만 전화번호나 이메일조차도 모르기에 그러려니 하고 지나쳤다.

안부를 묻고자 해도 방법이 없었다.

잘 지내고 있는 옛 연인에게 안부를 묻는 것도 실례이다. 잔잔한 호수에 돌팔매질하는 것과 다를 게 없다.

내가 그녀에게 뭔가 도울 게 있을 거란 막연한 생각으로 합리화하고 있었다.

장례식장에서 떠벌린 그 강호 친구에게 전화를 하여 그녀의 연락처를 묻고 싶었다.

　하지만, 하지만… 우습게 보일 것 같다. 입이 가벼운 이 자식은 이 동네 저 동네 나발 불고 다닐 것이 뻔하기에 더욱 조심스럽다. 하루하루가 더해져 갈수록 짙은 그리움이 일렁이었다.

　우유부단한 시간이 한 달이 다 되어 가고 있었다.

　자존심이고 뭐고 일단 용기를 내어야 했다. 몇 번이나 머뭇거리다 어쩔 수 없이 강호 친구에게 전화하여 그녀의 연락처를 물었다.

　이 자식 크크큭 웃으며 "전화번호도 모르나? 너무 무관심한 거 아니냐?" 하며 얄밉게 군다.

　옆에 있으면 뒤통수를 한 방 때리고 싶다. 내 속을 훤히 뚫어 보고 있었다.

　"나중에 술 한잔 사라!" 하면서 문자로 연락처 보내 주겠다고 했다.

　나도 모르게 입에서 "강호야 고맙다."라고 습관적인 말이 튀어나와 버렸다.

　아아… 쪽팔려!

　전화번호를 받고 내 전화기에 입력을 했다. 카톡이 생성되려나…?

전화할 용기가 없었다.

뭐라고 말하지?

지혜야 잘 지내나? (30년 만에 인사 치곤 유치하다.)

보고 싶었다. (마음에 없는 소리라 영혼이 담기지 않는다.)

뾰족하게 특별히 할 말도 없다.

그렇다고 친구가 "너 이혼했다." 하더라

하며 전화할 수도 없고….

또 며칠을 고민에 고민을 했다.

《떠난 사랑》

뚜우 뚜 뚜우 뚜 뚝!!

전화를 받지 않습니다

다음에 다시 걸어 주시기 바랍니다

지금 거신 전화번호는

결번이오니 다시

확인하여 주시기 바랍니다

3

컬러링

    강호 친구로부터 전화번호를 받고도 어떠한 액션을 취하지 못하고 있었다.

    무턱대고 전화를 하면 놀라지 않을까.

    기분 나빠 하지 않을까. 치부가 드러나 도망치지 않을까.

    이렇게 고민만 하고 있었다.

    고민만 하고 있을 수 없었다. 어차피 한 번은 부딪치자.

    전화기를 들었다.

    떨리는 건 손만이 아니었다. 가슴이 바운스 바운스 하며 요동치고 있었다.

    전화를 그녀가 받는다고 해도, 똑바로 말을 할 수 없을 정도로 가슴뿐만 아니라 전신이 심하게 떨고 있었다.

    오리걸음으로 방을 한 바퀴 돌고, 주먹으로 벽을 한 대 치고, 숨쉬기 운동도 하고….

    별짓을 다 하니 나름 진정이 되었다.

    '첫사랑'으로 입력된 전화번호를 찾아 눌렀다. 신호가 간다.

어? 컬러링이 30년 전에 함께 듣던 〈무작정 당신이 좋아요〉이다.

아직도 날 잊지 못하고 있나?

노래를 들으니 옛 생각이 저절로 났다.

철없던 20대 시절….

여자에게 군림하고 명령하는 게 상남자인 줄 알았던 부끄러운 시절….

아… 전화를 안 받는다. 나는 집뿐만 아니라 휴대폰 전화번호도 몇 번
바뀌었다. 모르는 휴대폰 전화번호라 안 받는 모양이다.

용기를 내어 전화했는데….

이거 뭐지? 허탈감이 물밀 듯이 밀려왔다. 한참의 시간이 흐른 후….

정신을 가다듬고 다시 생각했다.

그래 여기서 포기할 수 없다.

문자를 보냈다.

내가 어떤 나쁜 자식인지 간단하게 적어 주고 전화를 부탁한다고 했다.

그날 오후 동안 아무 일도 못 하고 전화기 울리기만 기다렸다. 엉뚱한
전화만 울리고 정작 그녀 지혜의 전화는 오지를 않았다. 저녁밥을 먹으
니 모래알 씹는 기분이었지만 마눌 앞에 표시를 낼 수가 없었다.

"밥맛이 없다."라고 말하고서는 막걸리 한 사발 들이켜고 침대로 곧바
로 갔다.

긴장이 쫙 풀리며 녹다운되었다.

하루를 돌이켜 보다가 나도 모르게

"으악!!" 하고 소릴 지르고 말았다.

마눌이 놀라 뛰어 들어온다.

"왜? 왜!! 바퀴벌레 나왔나?"

《당신입니다》

꽃을 피우는 것은
봄 햇살입니다

잠자던 새를 지저귀게 하는 것은
아침 햇살입니다

게으른 나를 깨우는 것은
아침 햇살입니다

나를 일으켜 세우는 것은
아침 햇살이 아니라

당신의 미소입니다

4

약속

혼자서

오래된 첫사랑과 전화부터 첫 만남, 그 이후 집을 지었다가 부수길 몇 십 번을 했는데…

이렇게 혼자 김칫국을 마시고 있었으니….

내 머리를 몇 번 쥐어박았다.

그래도 미련과 희망을 놓지 않았다.

오후에 전화한 것이라 전화기를 놓고 나갔다가 밤에 봤을 경우도 있 다. 늦어서 전화를 못 하고 다음 날 아침이나 낮에 전화할 수도 있겠다라 며 나 자신에게 합리화 최면을 걸었다.

전화기를 몸으로부터 1m 거리 이내에 두는 것을 잊지 않고 볼일을 보 았다. 가끔 걸려 오는 전화에 깜짝깜짝 놀라면서 빨리 전화를 받았지만…

"기대가 크면 클수록 실망이 크다."는 옛말이 하나도 틀린 게 없음에 또 한 번 놀랐다.

전화를 기다리고 있다는 것은 그리워하고 있음이다.

"아픈 기억의 시간 충분히 아물었는데 문득 네가 그립다는 것은, 내 가
슴에서 네가 지워지지 않았다는 거.

어느 한구석에

아직도 자리하고 있다는 것이다.

네 가슴에 작은 흔적이라도 나 있다면 억지로 덜어 내지 말고 그대로
두면 좋겠어. 일부러 지우려거나 다른 사랑으로 덧씌우지 마.

지난 시간 거슬러 간다는 거 쉽지 않지만 인생사 하루 앞을 모르는 법
이니 그리워하는 거 나눠 갖자구나.

그립다는 것은

아직 못다 전한 마음이 있다는 거."

그렇게 기다리고 학수고대했던 전화가 왔다. 얼떨결에 받았는데 익숙
한 목소리에 놀라 말을 더듬었다.

젠장, 뭐 하나 잘하는 게 없다.

그녀 지혜는 담담하게 말을 했다.

"어제 전화 바로 못 해서 죄송해요."

문자를 보고 내심 놀라기도 하고, 반갑기도 하고 여튼 감정이 복잡했
을 것이다.

"잘 지냈어요?"

"응. 요새 내가 날아다닌다."라고 대답하고 괜한 너스레를 떨었다.

또 오버를 했다. 뭔가 불안하고 초조하면 난 목소리 톤이 올라가고 말이 빨라진다. 또한 할 소리, 안 할 소리를 하는 등 오버 하는 경향이 있다.
깔깔 웃으며

"여전하시네요."

"지혜 니도 잘 지내고 있지?"

"예. 그럭저럭 지내고 있어요."

"많이 변했을 것 같은데…."

"그쵸. 세월이 얼마인데요. 저 만나 보면 실망할 터인데…."

말끝을 흐렸다. 이때다 싶어

"그래 언제 한번 볼 수 있으려나?"

머뭇거리더니…
간신히

"예. 저는 좋아요."

"아. 그래? 고마워!"

나도 모르게 고마워란 말이 밥 먹다 밥알 튀어나오듯 나와 버렸다.

"언제쯤…."

"내가 조만간에 부산 갈 일이 있으니 연락하고 갈게."

"그때 보면 되겠네요." 하며 담담하게 대답을 한다.

만남을 약속하고 전화를 끊었다.
전화를 끊고 나니 긴장이 풀리면서 다리가 후들거렸다. 그래도 크게
실수한 건 없는 것 같고 만나기로 약속했으니 다행이었다.
마누라 몰래 무슨 핑계로 부산에 가지?
적어도 4~5시간이 소요될 것인데….
그때 가서 고민하기로 하였다.
나도 모르게 휘파람 소리가 저절로 나왔다.
왠지 내가 세상을 다 가진 것 같다. 대학생 때 못 해 줘서 마음 아팠던
거 만나면 진짜 잘해 줘야겠다고 다짐에 다짐을 했다.

며칠간 시간이 가는 줄 모르고 발이 땅에 닿지 않을 만큼 구름에 둥둥

떠다니는 기분으로 살았다.

익숙한 설렘이 슬금슬금 기어 나오려 했다.

꼭 20대 때 처음 연애하는 기분으로….

약속이 맺어졌다는 것은

상대방으로부터 신뢰를 얻었다는 증거이다.

《미안해》

내 안에 있는

너에게

귓속말로

"가만히 있어"라고 말했어

미안해

네 생각만 하여도

설레여서

아무 일도 못 하겠어

5

느린 시계

D-day를 잡았다.

부산에서 대학 친구들 모임이 있다고, 마눌한테는 며칠 전부터 미리 설레발을 쳤다.

마눌은

"나이가 드니 이제 여기저기서 다 부르고 모이네." 하고 만다.

이젠 됐다.

전화를 했다. 몇 날 며칠 몇 시에 부산에 볼일 보고 너한테 가려고 한다고 말했다.

"좀 늦은 시간이네요."

입시학원을 운영하는 나의 입장에선 낮이나 다름없는 시간인데 늦은 시간이라 한다. 보통 모임은 초저녁에 있으니 마눌이 눈치를 못 채게 울산서 느지막이 출발할 수밖에 없었다.

"부산에서 일 보는 게 그 시간에 끝나. 그 시간밖에 안 된다."라고 완전 뻥을 쳤다.

온전히 온리 그녀 지혜만을 위해 부산을 가는데….

만나면 아마도 한잔 기울이며 옛이야기도 나눌 터이기에 자가용을 가지고 가지 않았다. 무거동 관문주유소 앞에서 직행버스에 몸을 싣고, 차창 너머 경치를 보며 갔다. 온 세상이 분홍빛이고 모두가 아름답게 보였다.
이미 서산에 해가 기웃기웃하고 있었다.
마음은 이미 부산인데 버스와 시계는 느리게만 움직이는 것 같았다.

주름 많은 늙은 날 알아보기는 할까?
아프기 전까지만 하여도 얼굴이 뽀얗게 하얀 피부였는데, 얼굴이 까맣게 변해서 농부처럼 보여 실망하진 않을까? 다행이 배는 나오지 않았고 머리도 벗겨지지 않았다. 대머리, 민머리는 유전인데…. 부모님의 고마움을 새삼스레 또 느낀다.

나 역시 그녀가 많이 변하여 알아볼 수 있으려나? 첫사랑 만나러 갔다가 대부분 서로 실망하고 헤어진다고 하던데…. 만나고 와서는 환상이 깨져 "차라리 만나지 말걸." 하고 후회한다고 하는 말을 많이 들은 터라 살짝 걱정도 되었다. 이런저런 상상을 하며 혼자 씨익 웃기도 하였다. 누가 옆에서 날 보았다면 실성한 놈으로 보았을 것이다.

직행버스는 노포동 종점에 멈췄다.

내려서 지하철로 갈아탔다. 지하철로 노포동에서 남포동까지는 거의 1시간이 소요된다. 앞으로 1시간 이후면 얼굴을 마주할 수 있다. 벌써 설레고 가슴이 벌렁벌렁거린다.

지혜와 헤어짐은 서로 물고 뜯고 상처를 덧나게 하거나 그러지 않았다.

예리한 칼로 무 자르듯 깔끔하였다. 아무리 빠른 속도로 잘라도 무는 두 동강이 났으니 상상을 초월한 아픔이 수용되었을 것이다. 후유증도 상당하리란 것을 그땐 간과했었다.

미련 따윈, 후회 따윈 그때의 나에겐 국어사전에나 있는 말이었다.

그렇게 하는 것이 남자답다.

그렇게 하는 것이 지혜를 위하는 것이며 행복을 빌어 주어야 한다 등 등 말도 안 되는 개똥철학에 빠져 있었다.

표면적으로는 페어플레이 정신으로 이별한 것이다.

낚시를 하면 잡은 고기보다 놓친 고기에 미련이 남기 마련이다. 지혜에 대한 미련들은 놓친 고기일까? 아니면 연민의 정일까?

냉철하게 가슴에 손을 얹고 생각해 봐도 그것이 모두는 아니었다.

풀어야 할 숙제 같은 것, 뭔지 모르지만 가슴에 멍울이 맺혀 있기에 예순을 바라보는 지금까지 쉬이 놓지를 못했다.

지하철은 땅속 깊은 암흑 속으로 빨려들다가 빌딩들이 즐비한 가운데를 뚫고 다니더니 어느덧 남포동에 도달했다.

《장미》

현관문을 여는데
시선이 따갑다
누굴까

짙은 화장으로 얼굴을 가리고
꽃이라는 가시방석에 앉아
아직 여자로 불리는

나
익숙한 듯 익숙하지 않게
봄이 가고 있다

6

만남

남포동에 내렸다. 오늘따라 겁나게 춥다. 나름 촌티 안 나게 멋을 부린
다고 옷도 얇게 입고 나왔는데….

남포동 거리가 많이 변해 있었다.
지혜에게 전화를 하였다.

"너네 집 앞으로 갈 터이니 주소 좀 이야기해 줘."

"그러실 필요가 없어요."

주소를 주지 않으려고 하였다. 추워서 기다릴 곳도, 마땅히 들어갈 곳
을 정하지 않은 관계로…
간신히 설득하여 주소를 받았다.

택시를 탔다. 택시 기사한테 주소를 주었다. 무뚝뚝한 택시기사는 아
무 말 없이 내달렸다. 나도 무뚝뚝하지만, 경상도 사람들 무뚝뚝함은 나

도 참으로 싫다.

나도 긴장도 하였던 터라 기사에게 말 한마디 건네지 않았다.

그녀의 친정집은 주상복합 신세계아파트였다. 1~2층은 상점들이 줄줄이 들어서 있어 사람들이 북적거렸다.

지혜 집은 그 옛날 그녀 광복동 친정에서 그렇게 멀지 않은 곳이었다.

택시에서 내리니까, 아파트 정문 앞에 그녀가 나와 있었다.

어두워서 확실치 않았지만, 그 옛날부터 봐 온 그대로의 느낌이 왔다.

많이, 오랫동안 눈에 익은 실루엣이었다.

처음 만나면 무슨 말부터 할까? 고민하였는데…

마주하니 의외로 담담했다.

상황에 따라 말이 저절로 나왔다.

"추운데 전화하면 나오지! 뭐 벌써 나와 있노?"

"멀리서 오시는데… 이게 내 마음이 편할 것 같아서요."

늦게 귀가하는 남편을 기다리는 것도 아닌데….

이 친구 날 맞이함이 예사롭지 않다. 아직도 나에게 좋아하는 감정이나 미련이 남아 있나?

아니면 옛날부터 선천성 친절함인가?

헷갈리는 친절이다.

"지혜야 우리 얼마 만이지?"

"글쎄요. 30년 더 되었을 것 같아요." 하며 고개를 숙인다.

"춥다. 어디 따듯한 곳에 들어가자."

"조금 저쪽으로 내려가면 됩니다."

그러면서
"일은 잘 보았어요?"

"무슨 일?"

"오늘 일 보고 여기 온다고 하지 않았나요?"

"아하… 그 일. 으응, 잘 보고 왔어."

긴장을 한 터라 내가 말해 놓고 깜빡했다. 그래서 거짓말하고는 못 사
나 보다.

나는 여간해서 거짓말을 하지 않는다. 머리가 명석해야 거짓말도 할
수 있다. 거짓말해 놓고서는 시간이 지나면 까먹고는 나도 모르게 진실
을 말하기 때문이다.

친구 아버님 장례식장에 가기에 늦다고 마눌에게 예전에 거짓말한 것

을 까먹고 그 친구 아버지 병원에 누워 계신 걸 나도 모르게 말하곤 한다.

나는 거짓말할 체질은 아니었다. 그래서 누구를 만나더라도, 거짓말은 하지 않으려 한다. 솔직하게 말해서 이해를 구하는 편이 더 낫기 때문이다.

솔직함은 그림자가 없다.

잠시 앞서거니 뒤서거니 걷는데도 서로 말이 없다. 마땅히 이러한 여러 변수를 생각을 했어야 했는데 그러하지 못했다. 추위가 매서워서 빨리 장소를 찾아가기 때문일 것이기도 했다.

이미 난 매서운 추위로 인하여 콧물 눈물범벅이다. 추위 때문인지, 설렘인지, 긴장한 탓인지 또 덜덜 떨고 있었다.

예나 지금이나 지혜에게 비실비실한 모습만 보여 준다.

즐비한 술집 가운데 따뜻한 느낌이 드는 1층 맥줏집으로 들어가자고 제안하였다.

지혜는 순순히 따라 들어왔다. 따뜻한 불빛에 속았다. 손님은 별로 없고 전기난로로 온기를 데우고 있었다.

옛날 같으면 "야! 나가자." 했을 것인데,

30년 만에 만난 그녀 앞에서 그럴 수 없었다.

"괜찮겠나?" 하고 정중히 물으니 고개만 끄떡거린다.

말을 잘 하지 않았다. 내가 부담스러워서, 아니면 지혜 동네라서 이목이 두려워서 저러나….

나는 으슥한 한쪽 구석에 있는 좌석에 지혜와 마주 앉았다. 그러곤 주
인아주머니에게 주문보다는 우선적으로 전기난로를 당겨 달라 했다.

《내게로 오다》

봄여름가을겨울의 강을 건너
독배보다 쓰디쓴 시간을 넘어
하얀 눈꽃처럼 사르르 소리 없이 내게로 왔습니다

하얀 낮과 검은 밤의 유혹을 뿌리치고
깊고도 깊은 생채기를 품은 채
벚꽃잎처럼 휘날리며 어깨에 내려앉았습니다

백진주와 흑진주의 역사를 간직한 채
음혹한 질곡의 세월을 강물에 흘려보내고
피어오르는 물안개 되어 아침 햇살과 같이 왔습니다

차디찬 꽃그늘 아래 상춘객을 뒤로하고
눈부신 아지랑이 되어 반짝반짝이며
나폴나폴 춤추는 선녀가 내 가슴에 숨어들었습니다

7

안부

다소곳한 그녀였다.

30년이 지났음에도 변함없이 다소곳하다. 날 보더니 혼자 비시시 웃는다.

"왜 웃냐? 많이 보고팠나 보네."

"아니 그런 게 아니고요. 왜 그렇게 폭삭 늙었어요?"

폭삭 망했다.

이건 무조건 오늘 강추위 때문이다. 추위로 인해 얼굴도 쪼그라들었고, 머리도 엉망진창이니 폭삭 늙어 보일 수밖에….

그러고 보니 그녀도 폭삭 정도는 아니지만 눈가와 입 주위에 잔주름이 많이 보였다. 또한 목도리 사이로 삐죽삐죽 보이는 목주름은 제법 깊었다.

"마! 너도 폭삭 늙었구먼…." 하고 입에서 튀어나오려고 하는 것을 간신히 누르고 또 눌렀다.

생맥주와 과일 안주를 시키니…

그녀가 춥다고

"사장님 오뎅탕이나 뜨끈한 국물이 나오는 탕 있나요?" 하고 물어본다.

"맥줏집에 무슨 오뎅탕." 하려고 하는 찰나

주인아주머니 왈!

"예. 있습니다."라고 한다.

말을 배우는 데에는 2년이면 되지만, 침묵을 배우는 데에는 20년으로도 모자란다고 했던가? 성급한 성격이 드러날 뻔했다.

소주를 시키는 것이 더 나을 뻔했다.

"오래 살다 보니 하지혜 너랑 술도 마시게 되네. 그동안 잘 지냈지?"

"예. 잘 지냈어요. 저는 강열 씨랑 이렇게 마주 앉아 담소 나누는 상상은 해 봤는데 현실이 될 거라 생각도 못 했습니다."

나는 상상도 못 했는데….

감회가 새로웠다.

"넌 변함이 없다. 못 알아볼까 걱정했는데 그대로다." 남자는 여자 하기 나름이 아니라 여자는 가꾸기 나름이다.

피부도 깨끗했다.

춥기도 하거니와 가까이 마주하니 가슴이 두근거려 떨고 있었다. 일부러 추워서 떠는 것처럼 과한 액션을 취하며 노심초사하였다. 그래서 있는 말, 없는 말도 주섬주섬하였다. 그랬더니

"어떻게 제 전화번호를 알았어요?
혜영이랑 연락하고 지내나요?"

"연락 못 하고 지낸 지가 오래 되었어. 혜영이랑 연락이 되면 너 벌써 보러 왔지."

"갑자기 연락이 끊겼어요. 아무리 수소문하여도 연락이 닿지를 않아요. 제법 오래 되었어요. 저도 혜영이와 연락하고 지내면 강열 씨에 대한 소식을 들을 수 있었는데…."

"우연찮게 강호 친구를 장례식장에서 만났는데… 네 얘길 하더라.
어떻게 아는 사이야?"

"제가 강열 씨 따라다닐 때, 강열 씨가 있는 술자리엔 항상 제가 있었 잖아요.
그때부터 안면이 조금 있는 터인데, 나중에 보니 제 친구 남편이더라고요. 세상 좁죠?"

"아하… 그렇게 되었구나. 어떻게 네 연락처를 가지고 있는지 궁금했

었어."

"강호 씨 재미있는 분이죠. 농담도 잘하고….'"

"맞아. 어차피 그 친구에게서 네 전화번호를 취득하였으니 우리 만남은 알 것이다. 만나면 '덕분에 강열 씨 만날 수 있었어요.' 하고는 우리 만남은 더 이상 말하지 말거라."

"예. 그렇게 할게요."

그러곤
"강열 씨 대학교 친구들과 가끔 마주치기도 하고 안부도 여쭙는 몇몇 분이 있어요."라고 말했다.

"우리가 대학교 때 워낙 드러내어 놓고 사귀었기 때문이다. 감수해야 할 부분이다."

땅에 떨어진 휴지를 줍듯이 주섬주섬 과거 추억의 주머니에서 끄집어내어 이야길 나누었다. 지혜가 묻는 말에는 내가 대답할 수 있는 기억의 범위 내에서 최선을 다해 답했다.
사실 너무 많은 이야길 주저리주저리 하였더니, 무슨 이야길 했는지 세세하게 기억나지 않는다.
분명한 것은, 이혼하였고 하나밖에 없는 아들은 자기가 키우고 있다고 했다.

나름 인정받는 직장에서 전문직으로 일하고 있음도 밝혔다.

중요한 것은, 10살 연하남과 열애(?) 중이란 사실….

10살 연하남과 사귀는 중이니 내가 폭삭 늙어 보일 수밖에….

수수하고 꾸밈없는 여자였었는데, 세상의 때가 피해 가질 않았음이 간혹 보였다. 세월의 흔적이 묻어 있었다.

수줍음보다는 자신감이 넘쳐 보였고 옛사랑이나 추억을 사치처럼 이야기할 만큼 나를 초라하게 만드는 기술이 있었다.

술이 깊어질수록 또렷하게 느껴지는 것은 이 사람이 날 잊지 못하고 있는 것이 아니라, 과거 6년간 사귄 시간을 크게 대수롭지 않게 느낀다는 것이었다.

난 내심 놀라기도 했고 부끄러웠다.

(속마음과는 다르게 말로 자길 감추고 있었음을 나중에 알게 된다.)

혼자서 상상하고 김칫국 마신 것이….

내가 상상하고 원했던 만남이 아니었다.

지혜가 이야기의 주도권을 잡아 난 이끈 대로 끌려다녔다. 진짜로 뒤죽박죽인 만남이었다.

밤이 깊어 울산으로 돌아와야 하겠기에

"지혜야. 미안하지만 일어나야 하겠다."

"강열 씨 울산까지 가려면 꽤나 시간이 걸리겠네요."

"빨라야 2시간 정도."

묵묵부답….
(나중에 안 사실이지만 빨리 헤어짐이 싫었고 어쩔 수 없는 상황이라 어떤 말도 할 수 없었다고 했다.)
택시를 탈 때까지 곁에서 기다려 주었다.
택시를 타자
"강열 씨 조심히 올라가세요." 하며 살짝 고개를 숙인다.

다음에 한번 보자는 약속도 없었다. 그렇게 비참하게 대포 한 방 맞은 사람처럼 패잔병이 되어 울산으로 올라왔다.

그런데….

《타인이 된 그리움》

잠시 스쳐 가는 인연이
한곳에 머물며 또아리 틀어

사랑이 되었지

우연이 인연이 되고
인연이 필연 되어
잠시나마 하나 되고

운명은 안부도 없이
꽁꽁 묶은 인연줄 풀어놓고
바람 되어 훌쩍 떠나 버리니

흔적을 찾아보지만
사진첩에서도 찾을 수가 없어
없다고 쉬이 덮을 인연이었던가

내 곁을 떠나 버린
그리움이여
사랑이여

이미 타인이 된
그대여
시간을 거스를 수만 있다면

8

찾아오다

첫사랑 지혜와의 만남은 생각하기도 싫었는데… 내 차가운 머리와는 다르게 뜨거운 가슴은 지혜를 불러내고 있었다.

눈 감으면 보이지 않으리라 했는데 더 선명하게 보여지고, 돌아서면 설레이지 않으리라 했는데 더 가슴을 파고들었다.

고개를 절레절레 흔들며 며칠의 시간이 흘러가고 있었다.
그런데 느닷없이 그녀인 지혜로부터 전화가 왔다.

"강열 씨! 강열 씨 만나러 울산에 가려고 해요."라고 했다.

울산에 볼일이 있어 겸사겸사 오는 것이 아니라, 오직 날 만나러 온다며…
시간 낼 수 있냐고 물었다.
이거 뭐지? 이 사람이 날 폭삭 삭았다고 말할 땐 언제고….
그렇게 사무적으로 대할 땐 언제고, 이거 뭐지? 날 일부러 보러 온다고…?
첫 만남 이후 그 옛날 감정이 되살아난 거야?

그렇지 않고서야….

여튼 쪼잔하게 시간 없다고 할 수는 없고 "대환영한다."고 했다.

마음과 입은 이율배반적으로 움직였다.

약속된 날 부산서 출발하면서, 자기 차가 무슨 차이며, 색깔과 차 번호를 이야기해 주었다.

불러 주는 차 번호를 들으면서 또 한 번 놀라지 않을 수 없었다.

차 번호 4자리가 옛날 집 전화번호 끝자리 4자리였다.

나도 까맣게 잊고 있었는데 듣고 보니 생각이 났다. 무전기 같은 모토로라 휴대폰을 처음 쓸 때 내 전화번호이기도 했다.

아니 이건 뭐야? 휴대폰 컬러링도 차 번호도 나랑 연관되어 있다.

아직 날 생각하고 있는 거야?

못 잊어 날 찾아오는 거야?

아닐 거라며 고개를 절레절레 흔들었지만, 의구심을 떨칠 수가 없었다.

울산대 정문 앞에서 약속된 시간에 정확히 왔다. 지혜 차에 올라타며 넌지시 물었다.

"지혜야! 차 번호 옛날 우리 집 전화번호랑 같은 거 아니?"

"아니요?" 하고 짐짓 몰랐다는 몸짓을 했다.

"차 번호는 주는 대로 받지 않나요?"

"응. 맞아."

하지만 살짝 컬러링과 차 번호 부분에서 이해가 되지 않았다. 분명코 지혜가 우리 옛 부산의 형 집 전화번호를 잊을 수가 없기 때문이다.

그 시절에는 휴대폰이 없었으니 유선 전화만이 유일한 연락 방법이었다.

모두가 전화번호를 외우고 다니는 시절이었다. 분명코 나에 대한 감정이든 뭔가를 숨기고 있을 것이다. 하지만 티를 내지 않았다.

"그래, 그렇구나. 난 또 의도적으로 같은 번호로 했나? 하고 궁금했었어. 우연의 일치였네."

하고는 쓴웃음을 몰래 지을 수밖에 없었다.

커피숍에 마주 앉으니 첫 번째 만남과는 달리, 30년 만에 두 번째 보는 여자가 아니라 그냥 편안하고 항상 곁에 있었던 여자로 느껴졌다.

그런데 나는 아직도 설렘 반, 호기심 반으로 심장이 뛰고 있었다.

나에 대한 별 의미 없는 호구조사에서 시작하여 저번에 들었던 지혜 본인의 이혼까지 구체적으로 담담히 이야길 하였다.

"너 결혼생활 얼마 못 하고 이혼 빨리 했네?"

난 단지 이런 식으로 리액션만 취해 주면 되었다. 10살 연하남에 대한 이야기까지 소소한 이야길 다 하였다.

나의 생각과는 다르게 나를 옛사랑이나, 애타게 그리워했던 옛 연인같이 생각하는 것이 아니라, 그냥 편안한 옆집 오빠쯤으로 대하고 있었다. 이 사람은 옛날과 달리 마주한 사람의 마음을 차분하게 안정시키는 마력이 있었다. 두근두근하던 내 마음도 가라앉고 혹시나 날 좋아하나 하는 그런 마음도 들지 않게 했다.

시간이 흐르면 흐를수록 나도 담담해져 갔다.

오랜 시간을 같이 한 마누라처럼, 20대 청춘 남녀처럼, 때로는 과거로 회귀한 감정으로 마주 앉아 깔깔거리며 점심도 먹고 다시 커피숍에 들러 한참 수다를 떨었다.

아무 준비도 없이 외출하였다가 소나기에 옷을 흠뻑 젖은 경험이 있다.

이와 마찬가지로 지혜는 강한 비바람으로 나를 흠뻑 젖게 하고는 부산으로 떠나가 버렸다.

한동안 젖은 가슴 말리느라 고생깨나 하였다.

곰곰이 생각해 보니 아직도 풀리지 않은 수수께끼가 있다.

이 사람이 왜 울산에 날 보러 왔는지….

무슨 메시지가 없었다.

울산에 왔다 간 지가 한 달이 다 되어 가지만, 아직도 지혜로부터 문자나 전화 한 통 없다.

지혜에 대한 감정이 정리되지 않아 나 역시 전화할 마음이 없다.

이렇게 일장춘몽처럼 혼자 김칫국만 듬뿍 마시고, 첫사랑 지혜와의 두 번째 만남은 옛 기억의 장으로 넘어가고 있었다.

《어머니》

그랬을 거다

삶이 막막하고
앞날이 보이지 않을 때
자식들만 바라보았을 것이다

무서운 생각과 찢어지는 슬픔
눈물을 감출 수 없을 때도
못난 자식들 바라보았을 것이다

길을 가다 멈춰 서고 싶고
모든 걸 내려놓고 싶을 때도
등 뒤에 매달린 자식들 보았을 것이다

이만큼 이만큼만 더하며
끊어질 것 같은 허릴 가누지 않고
하루가 다르게 자라는 자식들 보았을 것이다

그랬을 거다

과거 회상

———

9

회상

    지난 6년의 사랑보다 30년의 거리가 더 와닿았던 시간을 보내고 있었다. 학원은 신학기 준비를 11월부터 한다. 12월 학교 방학 이전에 모집하여야 하기 때문이다. 또한 학원에서는 신학기 준비가 2월 말까지 지속되어 정신없다.

    신학기 때 모집한 학생으로 1년 농사가 결정되기도 한다. 잠시나마 지혜를 잊고 바쁘게 지내고 있었다.

    지혜가 울산을 왔다 간 지가 한 달하고도 달포 남짓 되었을 즈음이다.

    정확한 날짜와 요일은 기억나지 않지만, 그날따라 전화가 요란하게 울렸다.

    급하게 받느라 누군지 확인도 안 하고 받았는데…

    "강열 씨~." 하는 목소리가 30년 전 목소리 톤이다. 지금까지의 목소리가 아닌 그 옛날 특유의 편안한 목소리였다.

    사무적인 톤이 아닌 사랑인지, 좋아함인지, 서로에 대한 호기심인지, 정이 듬뿍 묻은 목소리 톤이다.

갑자기 나타난 옛 남자친구로 인하여 나름 아주 혼란스러웠을 것인데…
목소리가 어떤 식으로든 정리가 된 느낌이다.

그러고 보니 내 앞에서 단 한 번도 목소리 높여 본 적 없는 여린 여자
였다. 맹목적인 순종적이기보다는 나를 배려해 주는 여자였다. 내 앞에
서 '아니오 하며 내 의견에 거부를 한 적이 없는 것' 같았다. 그럴 리는 없
었겠지만, 헤어진 후 좋은 기억만 남았다.

지금도 보수적이지만 내가 학생일 때는 자라 온 환경 탓인지, 여학생
을 대함에 있어 아주 보수적인 잣대를 대고 있었다.

그런데도 그 옛날 우리 어머님들처럼 절대 순종하는 착한 여학생이었다.

소위 말하는 발랑 까진 학생은 더욱 아니었다. 항상 내 앞에선 수줍음
이 많아 다소곳이 고개를 숙이고 있었다. 여느 부잣집 막내딸들과는 판
이하게 다르게 보였다.

어쩌면 지혜의 이런 매력에 내가 좋아했을지도 모른다.

하지혜를 만나게 된 계기는 대학교 1학년 2학기쯤 외사촌 여동생 강
혜영의 부탁으로 인해서이다.

외사촌 여동생 혜영이가 "오빠! 오빠" 하며 "자기네 친구들과 미팅 한
번 하자."고 하도 조르고 애걸복걸하기에 약속을 잡았다. 약속된 날에
어쩔 수 없이 내가 친구들을 대동하여 나갔다. 아끼는 물건들을 내어놓
으면 자기 것을 잡는 여자가 자기 파트너가 되는 복불복 미팅이었다.

복불복 미팅이 좋은 점도 있었다.

여학생과 남학생들은 각자 다른 테이블에 앉아 주선자의 지시를 기다리고 있다. 그때 마음에 드는 여학생이 있으면 먼저 친구들에게 공개적으로 찜을 한다.

그 여학생이 어떤 친구가 내어놓은 소지품을 들더라도 내 것인 양 일어서며 다가간다. 친구들이 한 쌍이라도 성공시키기 위함이다. 여학생들은 전혀 눈치를 못 챈다.

그때는 그런 노하우가 없었기에 진짜로 복불복 미팅이었다. 기대가 크면 실망도 크다고 했던가? 내 파트너는 진짜 숙맥으로 말 한마디 하지 않은 여자였다. 그리고 내가 원하는 타입이 아니었다. 그녀도 내가 마음에 안 들었을 수도 있겠다. 어떻든 내가 원하는 여자상은 화려하지 않고 그렇다고 촌스럽지도 않은 수수한 여자였다.

공교롭게도 내가 원하는 타입의 여자는 영호 친구 앞에 다소곳이 앉아 있었다.

친구들 눈치를 보니, 다행히 나를 포함 4명 모두 파트너가 마음에 안 들어 자연스럽게 도망칠 궁리만 하고 있었다.

자리를 마련한 여동생을 생각해서 최선을 다한 후 우여곡절 끝에 각자 나름대로 미팅을 마쳤다.

내일 학교에 가면 친구들에게 한 잔소리 듣게 되겠다고 생각했다.

역시나 뒷날 학교에 가니…

미팅 파트너가 맘에 들지 않아 떼어 내기 위해 여러 방법을 동원한 것을 무용담처럼 읊어 대고 있었다. 모두가 마음에 들지 않는 파트너를 떨쳐 내기 위해 무던히도 다들 애를 쓴 모양이었다. 내 눈에 띈 여학생 파트너와 함께한 박영호 친구도 고개를 절레절레 흔들며 말이 통하지 않아 힘들었다고 했다.

　단 한 명도 애프터 신청을 하지 않았거나 받지를 못했다.

　며칠 뒤….

《너를 만남은》

　너를 만남은
　설렘의 시작이었고
　그런 후
　네게 온전히 스며들 즈음
　내게 촉촉한 울림의 언어로 태어났다

　너를 만남은
　머뭇거림의 용기였고
　그런 후
　네게 온전히 물들었을 즈음
　내게 감미로운 대화의 시도였다

　너를 만남은

행복의 시작이었고
그런 후
네게 온전히 잠기었을 즈음
내게 타래 같은 시로 다가왔다

너를 만남은
필연의 선택이었고
그런 후
네게 온전히 숨결을 맡길 즈음
내게 심금을 울리는 노래가 되었다

10

첫 만남

며칠 뒤 미팅한 여자친구 중에 예쁜 여학생이 한 명도 없었다고 미팅을 주선한 외사촌 여동생에게 핀잔을 주었다.

그러면서 영호 친구와 미팅한 여자친구를 소개해 달라 했다. 여동생이 통통 뛰며 좋아라 했다. 내가 지목한 그 여학생도 오빠들 중 내가 그중 좋아 보이더라고 자기한테 귀띔을 해 오더라고 했다.

오지랖 넓은 여동생은 자기 일처럼 즐거워하며 일사천리로 일을 진행했다.

남포동 '목마와 숙녀'란 음악다방에서 처음 만남을 가졌다. 다방 테이블에는 설탕과 프리마가 각각 자그마한 단지에 담겨 있었고, 작은 스푼으로 커피잔에 취향대로 몇 스푼씩으로 넣어 먹는 그런대로 깔끔한 다방이었다. 노래도 잔망스럽지 않은 잔잔한 음악만 흘러나오는 그때 그 시절에서는 고급스런 커피숍(다방)이었다.

여동생과 그녀 지혜와 함께 처음 만났다. 조금 이야길 하다가 여동생은 약속이 있다고 하며 일부러 자릴 피해 주었다.

단둘이 마주하였는데…

이미 좋아하는 마음 때문인지 두근두근 떨렸다.

그녀를 만나면 궁금한 것이 많았는데, 마주한 순간 머리가 백지화되고 말았다.

내가 주도적으로 리드해 나가야 했는데, 머리와 달리 입술엔 버퍼링이 생성되어 말을 더듬거나 헤맨 것 같다.

하지만 바닥만 내려다보고만 있었던 거는 아니었던 기억이 있다. 가끔 웃기도 하였고 입술이 바짝바짝 탔지만 최선을 다했던 기억이 난다. 이미 외사촌 여동생으로부터 부잣집 막내딸이란 말을 들은 터였다. 머리에 입력되어서인지 귀티가 언행에서 나타났다.

요사이는 아랫입술이 도톰한 게 섹시미로 통하는데…

이미 그 시절에 아랫입술이 도톰한 여자였다. 그렇다고 고혹적인 여자는 아니었다. 수줍음을 타면서도 사근사근 말하고 간혹 궁금한 것에 대해 질문도 해 왔다.

첫 만남부터 우린 서로 통했었나 보다.

그녀는 나와는 같은 학교가 아닌 여대를 다녔다. 둘이 만나기가 쉽지 않음을 알았는지, 그녀는 자연스럽게 자기 시간표를 내게 건네주었고, 무슨 요일은 학교 수업 외에 무엇을 배우기에 언제쯤 시간이 난다고도 메모해 주었다.

역시 나의 시간표도 건네주었다.

학교 친구들과 술 마실 때 외에는 매일 만났던 것 같다. 아…! 친구들과 술 마실 때도 그녀는 왔다. 바늘과 실처럼 항상 내 곁에 붙어 있었다. 우리 친구들은 아예 그녀가 사는 부산 남포동으로 가서 술을 마시자고 하였다.

자갈치 시장, 미화당 백화점 뒤 고갈비 집 또는 별이 빛나는 밤이란 맥주집….

그러다 술값 떨어지면 그 친구가 왔었고 책갈피 속에서 푸른 배추 색 돈으로 계산해 주는 것이 일상적인 일이 되었다.

이렇다 보니 나보다 우리 친구들이 더 그녀를 좋아했었다.

그녀 집이 조폐공사 공장도 아닌데, 나도 어지간히 철부지였던 것 같다.

훗날 헤어졌을 때 항상 그녀가 나에게 베풀기만 했던 이 부분이 제일 마음이 아팠다.

우리는 사귀면서 단 한 번의 말다툼이 없었다. 나도 그녀를 좋아했지만 그녀 역시 도시놈들과는 다른 때 묻지 않은 촌놈인 내가 무던히도 좋았던 것 같다.

학교는 다른데 학교 수업 외엔 대부분이 함께 있었다.

남녀가 만나면 필수적으로 돈이 들게 마련인데 100% 그녀가 부담했다. 나는 부모님으로부터 올라오는 향토 장학금(?)이 얼마 안 되었다. 지혜는 그 사실을 알고 있었다. 또 부모님으로부터 받은 용돈은 보통 일주일 안에 바닥을 드러내었다. 거의 대다수 남학생이 그랬던 것 같다. 부족한 용돈 부분은 교사인 큰형님과 바로 위 누나가 책임 아닌 책임을 졌다. 누나, 형으로부터 조달도 한계가 있어 나머지 부분은 오로지 그녀의 책임(?)이었다.

그때는 여러모로 허기진 시절이었다.

정치적으로나, 이유 없는 반항심과 청춘의 소유물인 사유로 인해서 막걸리는 필수적이었다.

솔직히 말하면 내 친구들의 술값까지 일부 부담을 해야 했었다. 소위 지혜는 나뿐만 아니라 가난한 나의 친구들의 물주가 되어 있었다.

그때는 몰랐다. 그녀도 부모님에게 용돈을 타서 생활했을 터인데, 그런 생각을 해 보지 못한 것 같다. 배려가 반복되다 보면 그것이 당연한 나의 권리인 양 받아들이는 것처럼….

그때를 생각하면 부끄러워서 고개를 들 수 없다. 그녀도 나처럼 바보였던 것 같다. 나에게 그런 어려움을 토로한 적이 한 번도 없었다.

나에게 제일 화려했던 청춘의 시간은 바야흐로 흘러 징집영장이 나오게 되었다.

《그녀와 만남》

행복하다
내가 없어져서

요란한 울림도 없이
수줍게 살포시 다가온

수수한 매화꽃마냥
한 아름 내려놓고

꽃향기에 흠뻑 빠져
쏟아지는 감탄사

봄 향기 폴폴 내뱉던
그녀에 취해 나를 잊었다

11

징집영장

시샘이라도 하듯 깨소금이 몇 톤씩 쏟아져 나오는 그 시점에 징집영장이 나온다. 젊은이들에겐 암울했던 그 시절 군대는 도피처이기도 했다. 또 대한민국 남자로서 당연히 다녀와야 하는 곳이기도 하였다. 그즈음 친구들이 하나둘씩 군 입대를 하고 있어 징집영장이 충격적이지는 않았다.

문제는 죽고 못 사는 이 여자 지혜를 어떻게 갈무리를 해야 할지가 제일 큰 고민거리였다. 일반적으로 사귀는 남자가 군대에 가면 십중팔구 여자들은 고무신을 거꾸로 신는다.

군 시절 자살이나 탈영을 하게 되는 이유는 99%가 여자친구의 변심으로 인한 것이다. 보통 군인이 탈영하게 되면 군 헌병대에서 탈영병의 고향 집으로 잡으러 가는 것이 아니라 여자친구 즉 애인 집으로 제일 먼저 간다.

1차원적인 사고로 길들여진 군인들은 오로지 욕구 불만이다. 사랑에 허기진 군인들은 까막눈이 되어 앞뒤 가리지 않고 십중팔구 애인에게 달려간다. 군대에서 탈영은 희극은 없다. 오로지 비극뿐이다.

징집영장 이후 지혜는 한 치의 흔들림 없이 일상적인 패턴대로 생활하고 있었다.

불안한 내 마음을 아는 듯 "항상 3년 동안 변함없이 강열 씨만 바라보고 있을 거예요."라고 누누이 말을 하였다. 사실 그녀는 나를 쉽게 배신하지 않을 것이란 믿음이 있었다. 워낙 우리의 관계가 많이 알려져 있었고 일정 기간 내 친구들이 그녀의 벗이 되어 줄 수 있을 것이기에 믿음은 있었다.

실제로 나중에 지혜를 친구 재홍이에게 부탁하고 가볍게 논산 훈련소에 가게 된다.

참으로 시간은 하루하루 쏜살같이 흘러갔고 81년 1월 6일!!

하지혜가 아닌 황재홍 친구가 입대하기 전까지 함께해 주기 위해, 부산진역에서 그녀 지혜의 배웅을 받으며 함께 논산행 기차를 탔다. 논산역에서 기차를 내리니 부산에서는 좀처럼 볼 수 없었던 하얀 눈이 펑펑 내리고 있었다.

정말 인상적이었다. 지혜와 함께 있었으면 참으로 좋았겠다….

벌써 콧잔등이 시큰거렸다. 하얀 눈에 사로잡혀 광장에 내리는 눈을 보고 있으니, 귀가 아려왔다. 학교 다닐 때 장발이었다. 입대를 앞두고 까까머리로 하고 나니 머리로 덮여 있던 귀가 추위에 적응하지 못했다.

눈 내리는 구경도 잠시 우리는 지하상가 어디로 뛰어 들어가 처음 보는 소주로 추위와 그녀에 대한 그리움을 달랬다.

밤이 깊어지니 옆에 누운 친구 재홍이가

"강열아~." 하고 비장하게 부른다.

"응, 왜?"

"나는 신경 쓰지 말고 너 여자 불러 줄까?"

군 입대 전에 치루는 남자들의 관례(?) 행사를 치루라고 하는 것이다. 어디서 주워들었나 보았다. 친구도 나에게 그 말 하고 나서 쑥스러웠던지, 둘이 마주 보고 한참이나 웃었다.

"나의 동정을 그런 사창가 여자에게 바치는 게 용서가 되지 않고 그냥 하얀 백합처럼 살다가 죽을란다."로 마무리하였다.

그렇게 그렇게 남자 둘이 별 재미없는 사회에서 마지막 밤을 보내게 된다.

《눈 내리면》

하얀 눈 탐스럽게 내리면
특별한 약속 없음에도
약속한 만남 있는 것처럼
착각 속에

하얀 눈 위
잠시 신난 강아지
부질없는 사람처럼
하늘만 멍하니

눈 내리는 내내
그리움만 소복소복
만날 수 없으니
마음만 콩밭

눈 내리면
그냥 싱숭생숭

12

논산 훈련소

양력으로 1월 7일, 논산 훈련소에 끌려(?)가게 되었다.
바짝 긴장한 상태로….

재홍이는 나에게 막중한 임무를 부여받았다.

지혜를!! 지혜를 주위 늑대들로부터 온전히 지키라는 임무였다. 재홍 친구는 혼신을 다해 임무 완수를 하겠다고 했다. 친구는 혼자 다시 비장한 각오를 다지며 부산으로 내려갔을 것이다.

남쪽 지방 청년들에겐 논산 훈련소 기간은 너무나 가혹하리만큼 힘들었다. 훈련은 생각보다 힘들지 않았다. 입대병들이 많아 곧바로 훈련에 투입되지 않았다.

거의 하루 종일 "삼선에 정리."라는 지시에 의해 가부좌를 틀고 있었다. 고삐 풀린 망아지처럼 뛰어다니다 양반 자세로 앉아 있으려니 허리가 어마어마하게 아파 왔었다. 그러다가 제식 훈련부터 시작되었다.

조교 중에 중학교 때 친구들이 몇 명 있어 정신적으로 많은 힘이 되었다.

훈련이 힘든 것이 아니라 추위가 너무나 혹독하였다. 귀, 코, 발가락 등에 동상이 순식간에 찾아왔다. 속수무책으로 추위를 맨몸으로 받아내어야 했다.

훈련소 시절 어떤 남자라도 느끼는 감정은 그리움이다.

부모님 특히 어머니!

그리고…

그녀 지혜에 대한 그리움은 뼛속 깊이 사무친다.

육군으로 입대를 한 것이 아니라 전투경찰로 자원입대한 것이라 훈련 기간이 육군들보다 더 길었다.

그녀가 훈련소 주소를 알게 되는 그날부터 일대 사건이 논산 훈련소에 발생했다. 단 하루도 빠짐없이 나에게 편지를 보내왔다. 그것도 분홍색 볼펜으로….

훈련소 시절 내무반에서는 저녁 점호 전에 고향 집이나 친구, 애인 등으로부터 온 편지를 나눠 주었다. 편지 봉투에 분홍색 글씨가 있으면 무조건 나를 불렀고, 단 하루라도 편지가 안 오면 내무반 전체 훈련병부터 기간병까지 모두 나를 걱정하는 눈초리로 바라보는 지경까지 이르렀다. 편지가 빠진 날은 어김없이 2통의 편지가 다음 날 전해졌다. 토, 일요일로 인한 배달 지연에 따른 현상이었다. 훈련소 기간뿐만 아니라 제대하는 그날까지 분홍색 편지는 계속되었다.

참으로 지고지순한 여자였던 것 같다.

어느 때는 편지지 한 장에

"보고 싶다! 정말 보고 싶다!"

한 줄만으로 나의 애간장을 끓이는 편지도 전해 오기도 하였고.

"무작정 당신이 좋아요 ♩ ♪ ♬"

노래 가사만으로 적은 편지로 전해져 오기도 했다.
대다수가 학교 이야기, 내 친구들 근황 등 하루 일상을 적어 보내왔던 것 같다.
30년이 지나 지금 생각하니, 조선시대에나 있을 법한 지독한 사랑을 한 것 같다.

다행히 엄동설한에 9주 동안 훈련을 무사히 마치고 자대 배치를 받게 되었다.

부산으로 출발!!

《설렘 아이스크림》

뜨거운 열기가 따갑게 다가오는
한낮에 너를 찾는다

어느 누구에게도 마음 열지 않을 듯
꽁꽁 닫은 가슴

가까이 하니 한 서린 얼음공주
얼레고 달레고

너의 마음을 얻고자 차디찬 입술에
뜨거운 입술을 얹는다

달콤한 첫 키스 콩닥콩닥 어쩌나
입술은 춤을 추고

서투른 키스에 뜨거운 손놀림에
무너지는 정절

꽁꽁 닫혔던 가슴은 한없이 내어주는
엄마 젖가슴 같아라

13

상봉

지긋지긋한 훈련소 생활을 마치고, 대다수가 고향 가까운 쪽으로 자대를 배치받았다. 일단 논산 훈련소에서 인솔자의 지시대로 기차를 탔다. 훈련소에서 만난 중학교 친구인 훈련 조교로부터 얻은 정보로, 기차가 부산진역으로 향하는 것은 알았다.

하지만 언제 출발하는지?

최종 종착지가 어디인지?

몇 시에 도착하는지를 그 모두를 알 수 없었다. 출발 당일 훈련소 연병장에서 기차 도착지만 발표하였기 때문이다.

부산으로 가게 될 거란 것은 어렴풋이 알고 있었지만, 연락 도구가 없었기에 그 누구에게도, 지혜에게도 전달하지 못했다.

신병들을 실은 기차는 부산진역이 종착지였다. 부산진역에 내렸다.

경남경찰서 본부가 있는 대신동으로 가기 위해서는 경찰차 트럭을 이용하여 이동해야 했다. 지휘관의 지시에 의해 부산진역 광장 앞에 집합

하였다.

일사불란하게 움직이며 줄을 서 있는데….

헉!! 그렇게 그렇게도 보고팠던 지혜가 보였다. 전혀 생각지도 못했었다. 잘못 본 것이 아닌지 다시 흘깃 보았지만 지혜였다.

나를 보면서 훌쩍이고 있었다. 하지만 신병이라 나는 어쩔 수 없이 곁눈질로 볼 수밖에 없었다. 졸병에다 대열에서 이탈할 수 없을 정도로 군기가 바짝 들어 있었기 때문이다.

손도 한 번 흔들어 주지 못했다. 벅찬 가슴이 요동쳤다. 달려가 꼭 껴안아 주고 싶었지만 어림 반푼어치도 없는 생각이었다. 손도 잡아 보지도 못하고 눈조차도 똑바로 마주하지 못하고 경찰 트럭에 올라탔다. 차에 올라타 이리저리 둘러보아도 지혜는 보이지 않았다.

경찰 트럭은 부산 대신동에 있는 경남 경찰서 본부로 가고 있었다. (경상남도 도청과 경찰청은 1983년 6월 30일까지 부산에 있었다. 이후 창원으로 이전함.)

트럭 짐칸에서 바라보는 3월의 부산은 몇 개월 만임에도 아주 반가웠고 신비로웠다.

인솔자에 의해 경찰서 본부에 내리니 익숙한 실루엣이 눈에 스쳐 눈을 돌려보니 지혜였다.

발을 동동 구르며 나를 찾고 있었다. 똑같은 제복을 입고, 고만고만한 체격인 군인(전투경찰)들 속에서 날 찾기가 쉽지 않았을 것이다.

지혜는

부산진역에서 택시를 타고 우리가 탄 경찰차 트럭을 뒤따라왔었거나, 미리 알고 앞서 달려와 도착해 있었던 것 같다.

아마도 경찰인 오빠가 정보를 주지 않았나 싶었다. 경찰서 본부에서는 신고식만 하고 곧바로 자대 배치를 명받았다.

몇십 명의 동기들이 뿔뿔이 헤어지게 되었다. 나는 ○○○ 중대 본부가 있는 삼천포 인근에 있는 고성으로 출발하라는 명령을 받았다.

최종 발령지 고성으로 가기 위해 지혜와 상봉도 하지 못하고 또 트럭 뒤 칸에 타야 했다.

그녀 지혜가 부산하게 움직이고 있었다.

평소에 봐 왔던 수줍음 많고 다소곳했던 지혜의 모습은 보이지 않았다.

2개월 좀 넘게 떨어져 있었는데, 지혜는 그 사이 나보다 더 강인해져 있었다. 급히 분주하게 움직이고 있음이 보였다. 저 애가 지혜가 맞는지 의구심도 살짝 들었다. 어디서 저런 용기가 나왔는지….

"이강열 신병을 잠시 면회하려 부산진역에서 여기까지 따라왔습니다. 잠시 면회할 시간을 주세요."라고 인솔 경찰들에게 큰소리로 읍소를 하고 있었다.

지혜가 읍소한 인솔자는 상급자에게 보고하는 등 분주히 움직이는 모습이 보였다. 자대 배치받은 곳으로 트럭은 출발해야 하는데…

지혜의 면회 요청으로 갈 길 먼 트럭이 연병장에서 출발하지 못하고 있었다.

하지만 윗선에서 "면회는 안 된다."라고 최종 결정이 떨어졌다.

인솔자가 지혜에게 다가가 "규정상 면회가 안 된다."라고 전하니….

지혜는 당돌하게도 왜소한 몸으로 양팔을 벌려 우리들이 탄 트럭 앞을 막아섰다. 영화에서나 봄직한, 사건이 발생하였다.
중국 천안문 사태 때 '탱크를 막아선 남자' 사건보다 그 이전의 일이다.
지혜는 탱크가 아닌 트럭 앞을 막아섰다.

"면회 안 시켜 주면 여기서 한 발짝도 움직일 수 없습니다!!"라며 트럭 앞에 버티고 섰었다.

작은 체구의 연약한 여자 지혜가 기상천외한 일을 벌이고 있었다. 진짜 상상을 초월하는 행동을 하기에 나도 놀라울 따름이었다. 난 아무런 힘을 보태지 못하고 무기력하게 있었다. 작은 응원조차 하지 못하는 나는, 비참할 뿐만 아니라 죄인 같은 느낌이었다. 연약한 여자 혼자서 날 한 번 가까이서 보겠다고 그 누구도 이해하기 힘든 행동을 하고 있는데….
부끄럽게도 지혜의 행동으로 인하여 '나에게 불이익이 돌아오지 않을까?' 하는 두려움으로, 나의 안위를 고작 걱정하고 있는 못난 놈이 되어 있었다.

경찰서 연병장에서 작은 여자가 트럭을 막아선 잠시 적막 같은 시간이 흘렀다. 여기저기서 웅성거리자 인솔 경찰 몇몇이 빠르게 움직였다. 연병장 사열대 주위에서 몇몇 경찰관들이 의논을 하는 모습이 보였다.

그러더니 나에게 인솔 경찰 중 한 분이 나를 찾아왔다.

"경찰차에 일반 사인을 태울 수 없는 게 원칙이다. 하지만 이강열 이경이 원한다면 여자친구를 운전석 옆에 태워서 고성까지 갈 수 있다.

그래도 좋으냐?"

나는 당연히 큰 소리로

"예. 좋습니다!" 하고 외쳤다.

아마도 융통성 없는 경찰 지휘 체계상 책임을 미루지 않았나 싶다. 괜히 규정에 없는 면회를 시켜 줘 문제가 생기면 경찰서장에게 문책이 따르기에.

또 그렇다고 연약한 아가씨가 저렇게 트럭 앞을 막고 섰으니…

언론에 노출이 되기라도 하면, 융통성 없는 경찰이라고 힐난이 빗발칠 터이니…

하급 부대로 데려가서 면회를 시키도록 하였을 것이다.

나와 동기들은 트럭 짐칸에, 그녀는 내가 탄 트럭의 운전석 옆에 앉아 가는 기상천외한 일이 벌어지고 있었다.

승용차가 아닌 경찰 트럭이지만 같은 트럭이란 공간에서 지혜와 숨을 쉬고 있는 것만으로 트럭 짐칸은 추웠지만 마음은 어느 때보다 뜨거웠다.

지혜는 가끔씩 유리창 너머로 뒤에 있는 나를 돌아보곤 하였다.

사랑의 힘으로 지구도 들 수 있음을 보여 주었는데, 난 이렇다 할 도움이 되어 줄 수 없었다. 아무런 도움도 줄 수 없는 내가 이처럼 무기력하게 느껴져진 적이 없었다.
하지만 지혜의 곁을 묵묵히 지켜 주고 싶은 이 마음도 사랑인 걸….

《내 나이 쉰 하고도 아홉》

"어깨를 쭉 펴라" 소리 잦고
여물이 든 곡식처럼
저절로 고개가 떨구어지네

연약한 여자의 어깨에도
가느다란 별빛에도
무턱대고 기대고 싶다

바람만 불어도 휑한
따가운 햇살에도
지는 봄꽃에도 눈물이 나

눈물은 사유한다는 거

깊어지는 만큼 느려지고
익어 가는 만큼 농염해져

풋사과 풋감
거들떠도 보지 않지만
익어 가면 눈길 쏟아져

아직도 청춘이고
앞으로도 푸르를 것인데
나이는 더 익었을 때 헤아리자

14

자대 생활

경찰 트럭 짐칸에서는 소설 속에 소재로 나올 법한 사건으로 내가 주인공이 되어 있었다.

동기들이 날 보고 엄지 척을 해 준다.

하지만, 지혜와 함께 탄 트럭은 부산에서 삼천포를 지나 고성 중대 본부까지 3시간 넘게 한 번도 쉬지 않고 달렸다. 휴게소를 들러 주면 잠시나마 벅찬 가슴만이라도 진정시킬 수 있을 것이었다.

하지만 그런 기회를 주어지지 않았다.

아직도 완연한 봄이 아닌 3월 초순이라 트럭 짐칸은 천막으로 둘러쳤을 뿐, 뒤는 뚫려 있어 아직은 상당히 추웠다. 쉼 없이 달려와 삼천포를 지나 고성 하일면에 소재하는 중대 본부에 도착하였다.

그녀와 면회 시간이 주어졌다.

그것도 부대 내가 아니라, 중대 본부 앞 버스 정류장 상점에서 잠시 면회하고 오라고 하였다. 먼지를 흠뻑 두른 푸른 양철 지붕의 다 쓰러져 가는 작은 상점이 있었다. 면회 시간이 짧게 주어졌기에 둘이는 눈물겨운 포옹을 나누었다.

지혜는 면회하는 동안 계속 훌쩍이며, 뚫어지게 날 보기도 하였다. 내가 묻는 말에 간신히 고개만 끄떡이고 있었다.

지혜와 면회도 잠시 나는 지혜를 부산으로 돌아갈 방안을 찾아 주어야 했다.

삼천포까지만 가면 부산 가는 직행버스가 있기에, 상점 할머니에게 삼천포 가는 방법을 물었더니…

"삼천포 가는 빨강 버스(시내버스)가 조깸 후에 온다."라고 일러주었다.

시내버스 시간이 촉박한 관계로 우리들의 만남은 더욱 애틋했다. 먼지를 일으키며 시내버스는 상점으로 오고 있었다.

지혜는 왈칵 나에게 안겨 왔다. 그런 지혜를 가슴팍에서 밀어내고 시내버스에 태웠다.

떠나가는 그녀가 탄 버스를 바라보고 있으니, 그녀는 버스 뒤 차창으로 다가와 눈물 흘리며 손을 흔들고 있었다. 그녀를 태운 버스가 내 시야에 벗어나자 난 중대 본부로 향해 힘껏 달렸다.

중대 본부에 신고식을 하고 내무반에 들어가니 이미 우리 기수들은 고참들에게 구타를 당하고 있었다.

나도 예외가 아니었다. 한 대 얻어맞으면서도 "이경 이강열." 하며 큰소리로 관등성명을 꼭 외쳐야 했다.

그래도 견딜 만했다. 나만 여자친구를 면회할 수 있는 특혜를 누렸기에… 그녀를 생각하며 꿋꿋이 버텼다.

그냥 우리 기수는 고참 기수들에게 동네북이었다. 이 고참 저 고참 구분 없이 이유 없이 구타를 했다.

제일 힘든 것은 잠자면서 코를 곤다고 우리 기수 전체를 깨워 잠을 안 재우고 밤새워 구타를 하는 것이었다.

총구로 가슴 찌르기, 연탄집게로 가슴 찌르기, 라이터 가스통 입구로 가슴 찌르기, 얼어 있는 물통에 얼음 깨트리고 머리 박기 등의 열거할 수 없는 고문과 얼차려들….

괴롭힘과 구타를 당하는 것은 일상생활이 되었다. 가슴을 너무나 많이 맞아 가슴이 여간한 여자의 가슴보다 커서, 새벽과 저녁으로 구보를 할 땐 철렁거려 한 손으로 누르고 뛰어야 했다.

괴롭히는 고참을 대검으로 목젖인 기도를 찌르고 철조망 밖으로 뛰쳐나갈까 몇 번이나 심각하게 고민을 하였다. 위계질서가 있는 계급사회이고, 같은 기수 동기들도 버티기에, 허리춤에 있는 대검에 손이 몇 번이나 갔지만 참고 또 참았다.

정말 대검으로 목젖에 꽂아 죽이고 싶었다. 참을 인을 매일 백번 이상 되뇌며 참고 또 참았다.

어느 정도 시간이 흘렀을 즈음에 중대 본부에서 3소대로 발령이 났다. 인솔자와 함께 3소대로 가고 있었는데, 떨어진 멸치 그물 집는 아가씨들이 부른다.

나의 상급 인솔자가

"아가씨들한테 가야 한다."라고 했다.

이유를 묻기도 전에 상급자가 말하기를

"저 아가씨들은 우리 소대 고참들 애인이고, 고참 애인은 고참과 동격이므로 신고식을 해야 한다."라고 했다.

지금 생각하면 지나가는 소가 웃을 일이다. 하지만 말도 안 되는 이러한 전통은 제법 오랫동안 이어져 내려왔었다.

고참들은 정부에서 나오는 부식값으로 멸치 그물 집는 공장 아가씨들과 밤마다 초소에서 술잔치를 즐기는 것 같았다.

먹고 남는 쌀이나 보리를 팔아 부식값을 대체하고… 마을 아가씨들은 밤마다 육지 끄트머리 초소에 찾아왔었다. 소위 '산따이(여자+술+노래) 문화'가 형성되어 있었다.

지난 시절 돌이켜 보면 이해되지 않는 것 투성이지만, 그 이해되지 않은 것으로 이 세상은 돌아가고 있었다.

그때나 지금이나 세상은 책에서 배운 대로 돌아가지 않는다. 그러면서도 세상은 아무 탈 없이 돌아가고 있다.

지난 시절 그름을 바로 잡고자 울분을 토해 내었던 시절이 있었다. 지나고 보니 울분은 울분으로 끝나 있었다.

《도둑질》

처음 마주한 순간
빠져들 거 같은 예감
낭랑한 목소리 수수한 자태에
흔들리고 말았어요

당신이 곁에 있어 준다면
내가 한없이 빛날 거 같아
어느 날 내 마음에
당신을 담고 말았어요

한결같은 미소
비단결같이 고운 마음
따스한 눈빛에
푹 젖어 들고 말았어요

"내 마음이 요동쳐요
내 가슴이 쿵쾅거려요
내 심장이 원하고 있었어요
당신을"

빠져들고 싶었어요

당신의 가슴에
훔치고 싶었어요
온전한 당신 모두를

허락 없이
내 마음에 당신을 담아 미안해요
허락 없이
당신을 훔쳐도 될까요

이젠 어쩔 수 없어요
가을 단풍 물들듯 짙게 스며든
당신을 지울 수가 없어요
어느 하나 버릴 기억도 없어요

따뜻한 손길 애교 서린 목소리
잊혀지지 않아요
모두가 소중한 기억이라
뇌리에서 떠나지 않아요

이젠 어쩔 수 없어요
당신의 마음을 흔들어야겠어요
우리 사랑을 위해
당신의 모두를 훔쳐야겠어요

선택

———

15

재방문

지혜의 전화를 받은 이야길 하다가 내 고향 옆 사천 삼천포로 너무 빠졌었다.

이제부터 첫사랑 그녀 지혜의 이야기를 해야겠다.

그 옛날처럼 편안하게 내 이름을 부른다는 것은, 나에 대한 마음을 비웠거나, 아니면 옛 감정에 빠져들었거나….

"강열 씨. 내일 시간 어때요? 강열 씨 만나 잠시 나눌 이야기가 있어 울산으로 올라가고픈데….

내일 시간 되나요?"

이미 지혜에 대해 김칫국을 마실 만큼 마셨기에, 엊그제께처럼 두근거리거나 기대하는 마음은 옅어져 있었다.

"그래…. 언제든 콜!"

"감사해요. 그럼, 내일 오전 일찍 만나 드라이브 같이할 수 있나요?"

"어디 가고픈 데 있나?"

"바다가 있는 곳으로 가고 싶어요."

그랬다. 이 여자 겨울 바다를 무척이나 좋아했었다.

"그러자."라고 했다.

약속된 이른 시간에 울산대 정문 맞은편에 허수아비처럼 정신을 놓고 서 있었다. 오고 가는 대학생들을 보면서, 나도 이렇게 학교를 일찍 등교한 적이 있었나, 과거의 기억을 더듬어 보니 없었다.

요즈음 학생들은 좁은 취업 문 때문에 20대 때 느껴 보고, 경험하고, 어떤 화두에 대해서 고뇌하는 시간을 갖지 못하는 게 아닌가 싶기도 했다.

취업 공부에 매몰되어, 젊음의 특권을 놓치고 있는 것 같아 안타까웠다.

그러고 보니 지혜와 나는 대한민국 경제가 폭풍 성장할 시기에 대학을 다녔다.

어떻게 보면 행운아들이었다.

우리 딸들에게

"대학 1~2학년 때에는 적당하게 공부하고 청춘을 즐겨라."라고 말해 왔었다.

대학 3~4학년 때의 딸들은

"아버지 말을 진리처럼 믿고 따르다가 성적이 엉망으로 나왔다."라며 나에게 화살을 돌렸다. 나 때문에 대학 3~4학년 때 학점 클리닉 한다고 고생깨나 했었던 것 같았다. 딸들은 알리라. 시간이 흘러 훗날이 되면….

이런저런 생각에 빠져 있으니, 스르르 그녀 차가 내 앞에 멈췄다. 그녀는 운전석에서 내려 예전과 다른 밝은 얼굴로

"강열 씨 타세요."

"어어 응, 벌써 왔어?"

조수석 창문을 내리고 타라 해도 될 터인데….
조수석에 앉으니 지혜가

"무슨 생각을 그렇게 골똘하게 했어요?"

"왜?"

"멀리서부터 강열 씨 보았는데, 제 차를 찾지도 않고 대학교 정문만 바라보고 있었어요."

"젊은 애들 보니 나도 저런 때가 있었나 하고, 지난 세월을 더듬고 있었어."

"인제 와서 지난 세월 더듬어서 뭐 하겠어요? 되돌아갈 수도 없고 현재에 충실하면 되지요."

"지금 너한테 충실히 하라는 소리냐?"

"말이 그렇게 되네요. 호호."

"니 말이 맞다. 지난 과거는 추억이고 역사일 뿐이고, 미래는 미스테리라 했다.
　그리고 현재 오늘은 우리 둘에게 준 선물이다. '오늘 최선을 다하자.'의 의미일 거야."

"우와! 오늘 최선을 다한 만남이 되겠네요. 고마워라. 강열 씨 그동안 잘 지내셨어요?"

"응 그럭저럭."

"하시는 학원은 요사이 많이 바쁘지 않은가요?"

"30년 가까이 해 온 거라 바쁜 거 별로 없다. 항상 거기가 거기야. 일단 차를 저쪽으로 빼서 잠시 세워 봐."

"예."

진하해수욕장을 거쳐서 간절곶에 가자고 하였더니…
간절곶 이야기 많이 들었다며 꼭 가 보고 싶었다고 했다.
그러고는,

"강열 씨, 저하고 같이 함께 다녀도 되나요?"

"괜찮아. 내가 그렇게 유명 인사도 아닌데 누가 나에게 관심을 보이겠니?"

"괜히 저 때문에 강열 씨 곤란에 처할까 봐 걱정되네요."

"그렇게 걱정되면 중국이나 북한으로 멀리 가자." 하였더니 깔깔거리
며 웃는다.

진하해수욕장을 지나고 있었다.

"옛날에 너랑 여기 왔었는데…."

"예에? 기억에 없어요."

"명선도라고 있어. 낚시하러 들어가려고 했는데 아마 못 들어갔을 거야."

"왜요?"

"그땐 누구의 사유지로 들었던 것 같아.
너가 좋아하는 겨울 물안개가 유명한 곳이다."

"왜 난 기억이 안 나죠?"

"아…. 미안 너가 아니었구나. 허허. 재홍이, 미옥 씨, 희근이 그렇게
왔던 것 같다. 소위 반피스!"

"반피스! 바보들의 경상도 사투리. 기억나네요."

추억의 사진첩을 들추는 사이 간절곶에 도달하였다. 등대 주위 커피
숍에 들어갔다. 너무나 좋다고 아이처럼 흥분하며 발을 바닥에 붙이지
못하고 있었다.
천진난만한 행동을 하는 그녀를 난 물끄러미 바라만 보고 있었다. 이
여자 시간이 가면 갈수록 커리어 우먼의 사무적인 모습은 보이지 않고,
시간이 더해질수록 옛 20대 때의 모습을 보이고 있었다.

사랑의 감정으로 보면,
이 세상 아름답지 않은 것이 없다.

《명선도 물안개》

한마디 툭 던져 놓고
파도는 돌아가고 있었다

다시는 돌아오지 않겠다는 듯이
뒤 한 번 돌아보지도 않고

연신 짠물을 뱉어 내고 있는
나를 멀리서 내가 바라보는

심연의 허공에 춤추는 춤사위
나를 들어 올렸다 놓았다

명선도 바위 하나 나무 하나
침묵의 향연에

바쁜 듯 바쁘지 않은 듯
나는 나의 집으로

무리들이 무리 지어
표표히 떠나가고 있다

16

간절곶

그녀가 커피를 시키며

"뭘 드실 거예요?" 하고 나에게 물었다.

"네가 마시는 거 같은 거 시켜라."

곧바로 주문하고 다가오더니

"강열 씨." 하고 또 다정히 부른다.

"응, 왜?"

"생각나나요? 강열 씨가 군대 시절 근무했던 곳이 지금 여기처럼 육지 끄트머리에 하얀 등대가 있었죠."

"맞네…. 부대 초소 주소가 경남 고성군 하이면 덕명리 하얀 등대였지…."

"직행버스로 삼천포로 와서 택시를 타고 최대한 초소 가까이 갔었어요. 또 걸어서 30분 넘게 가야 하얀 등대가 나왔던 것 같아요. 육지 끄트머리까지 매달 반찬 만들어 들고, 강열 씨 좋아하는 통닭까지 챙겨서 들고 갔었는데….'

"통닭 하니까… 생각나네. 국도 극장 옆 국도영양삼계탕 아직 장사하나?"

"안 한 지 20년 넘었을 걸요. 기억하고 계시네요. 참 그때 그 시절 좋았는데….'

"새삼스레 옛날이야기 들으니…. 그 시절 생각하면 눈물 나려고 한다."

"그냥 문득 생각이 나네요. 강열 씨가 저에게 예쁜 추억을 많이 남겨주었어요….
강열 씨 면회 갈 땐 엄마랑 많이 다투었는데….'

"왜? 날 싫어하셨나?"

"그게 아니라… 새벽 댓바람부터 설쳐 대며 부산 충무동에서 멀고도 먼 삼천포까지 하루에 왔다 갔다 한다고요.'

"그랬구나…. 나 때문에…. 나 너에게 많은 빚이 있다. 앞으로 갚을 기회가 있었으면 좋겠다."

"아니에요. 전 지금도 그런 상황에 부닥치면 또 그럴 수 있어요. 편도 5시간, 왕복 10시간 이상인데 지루하지 않았어요. 강열 씨가 제가 면회 오길 얼마나 많이 기다리고 있을 거란 사실을 아니까요. 하루빨리, 일 분이라도 더 빨리 보러 가야 한다는 생각밖에 없었어요."

"왜 난 그때 너의 고마움을 못 느끼고 있었을까? 미안하다."

"아니 그런 말 듣자는 게 아니에요. 강열 씨도 저를 무척이나, 누구보다도 아껴 주고 좋아해 주었어요. 외출 나오면 귀대 시간이 저녁 6시까지인데, 날 삼천포에 두고 단 한 번도 6시에 귀대한 적이 없었잖아요.
항상 막차를 태워 준 후 부대로 복귀하셨잖아요. 분명 귀대하면 고참들에게 많이 맞을 것이란 걸, 나도 알고 있었습니다.
둘이 마주하는 시간이 짧다 보니 묵시적으로 나도 동의 또는 방조한 거죠. 히히힛.
그때 고참들에게 많이 맞았죠?"

"아니 처음 몇 번은 얼차려도 받고 맞기도 했는데, 소대장부터 그냥 포기하더라. 탈영할 놈은 아니라는 것을 알기에.
그리고 다행히 내가 소대장 전령이었다. 글씨체가 좋다고…."

"전령? 아! 기억나네요. 소대장 비서와 비슷했죠?"

"글치. 또 네가 반찬 등을 매달 갖다 나르고 너희 여자친구들도 부대 초소에 같이 오고 하니, 고참들이 너에게 잘 보이려고 했지. 그러니 견디지 못할 만큼 고통의 벌칙은 없었다."

돌이켜 보면 나도 어지간히 개겼다. 소위 고문관으로 칭하는 문제 병사였을 것이다. 고참이 구타를 하면 맞으면 됐고, 얼차려를 가하면 받으면 되었다. 여자 친구가 면회를 왔는데, 외박증 끊어 주지 않는 소대장이 문제였지….

지혜가 면회를 오면 외박증 대신 외출증을 발급해 주었다. 지혜가 부산 충무동에서 삼천포를 지나 부대까지 오면 이미 오후 시간이었다. 지혜가 부대까지 얼굴을 내밀어야 외박증이 나왔다. 귀대 시간이 오후 6시이다.

부대에서 나와 고성 중대본부 근처에서 버스를 타고 삼천포 시내를 나오면 이미 오후 4시경이다. 횟집에 들어가서 단란히 소주 한잔할 시간도 되지 않았다. 귀대 시간은 사실상 지킬 수 없는 시간이었다.

나는 단 한 번도 지혜를 일찍 보낸 적이 없다. 항상 막차를 태워 보냈고, 항상 귀대 시간 내에 복귀하지 못해 고참들로부터 구타를 당했다. 깊은 밤에 복귀하다 발을 헛디뎌 낭떠러지로 굴러떨어지다 나무에 걸려 간신히 살아나기도 했다.

이런 사실을 지혜에게 말할 수 없었다.

"그러고 보니, 나 따라 삼천포, 고성 바닷가, 고성 읍내, 거제도까지 면회를 왔었네…. 그런데 우리 한 번도 외박은 안 했지?"

"아마 제가 외박을 했다면 우리 집에서 강열 씨 집인 진주 사천으로 쫓겨났을 걸요…. 호호."

"그러고 보니 우리 참 착했다."

"아니, 그게 아니라 강열 씨가 숙맥이었죠. 호호 농담이고요. 사실은 그런 면 때문에 제가 더 좋아했죠."

"내가 짐승보다 못한 놈이었구나…."

"엥! 무슨 말이에요?"

"마. 그런 게 있다."

우린 친한 친구처럼 시간 가는 줄 모르고 과거의 추억이란 늪 속에 빠져들고 있었다.

《커피》

커피가
널 닮았나

맛과 향이
분위기 따라 달라

비 오는 날 마시면
그냥 보고 싶어

흐린 날에 마시면
살짝 전화하고 싶고

이른 아침에 마시면
저절로 생각이 나

가을 하늘 아래에서 마시면
달려가고 싶어

커피에 너랑
통하는 길이 있나 봐

17

제안

한번은 따뜻한 봄에 면회를 오면서 기쁜 마음으로 산길을 걸어오는데, 지혜 앞에 독사가 똬리를 틀고 있었다고 했다. 두 갈래의 혓바닥을 날름날름하면서 지혜만 쳐다보고 있었고…

지혜가 움직이면 독사도 따라 움직이고….

그때 약 1시간 동안 앞으로도 뒤로도 움직이지 못했던 기억이 생생하다고 했다.

나도 기억이 났다.

30년이 훨씬 넘은 사건인데도….

이러저런 이야길 도란도란 나누다가 지혜가 정색하며, 나에게 부탁이 있고 대답을 꼭 듣고 싶다고 했다.

"무슨 부탁?"

"대답해 줄 거죠?"

"그래. 뭔데?"

"강열 씨. 지금 저를 이성적으로 좋아하거나 옛 연인의 감정에 빠져 있지는 않지요?"

내 감정이 들킨 것처럼 뜨끔하였지만 시치미 뚝 떼고는

"그렇다 치고…."

"지금은 그렇다 치고 나중에라도 그런 감정에 빠져들지 않을 자신 있나요?"

"그건 모르지…. 사람의 감정이란 게 내 의지와는 무관하게 움직이니…. 쉽게 단언할 수 없지만 확실한 것은 나 가정이 있는 남자라는 거는 확실해."

"그러니까요? 저 사실은 강열 씨 문자 받은 후부터 잠도 못 자고 많이 갈등했어요. 말을 안 했을 뿐이지 사실 소식을 많이 기다렸어요. 정말 힘들었어요. 옛날 추억들 새록새록 생각나서 울기도 많이 울었죠.
나 혼자 힘들어할 땐 어디 있다가 이제 나타나서 나를 흔드는 거야? 조금 빨리 나타났으면 좋았을 것인데….
마음의 평안을 간신히 찾았는데 조용한 호수에 왜 돌을 던져 내 가슴에 파문을 일으키나 등등.

어느 때는 강열 씨가 미웠어요. 그런데 지금은 강열 씨 미워하지 않아요.
사실 강열 씨는 30여 년 간 저의 소식을 깊이 모르고 있었잖아요."

사실 부산 친구들로부터 가끔 소식을 듣고 있었다.
짐짓 모른 체하며

"그랬었구나. 미안하다. 힘들 때 힘이 되어 주지 못해서."

"강열 씨 미안해할 필요는 없어요. 모두가 제가 선택한 결과물인 걸요."

"그렇게 자신을 학대할 필요는 없지 않아?"

"그래서요. 부탁인데요. 저를 이성적으로 바라보지 않을 자신 있으면,
앞으로도 오늘처럼 강열 씨를 계속 만나고 싶어요. 저 만나고 있는 그 남
자 배신할 수 없어요. 제가 제일 힘들어 방황할 때, 저를 잡아 준 남자이
거든요. 그분한테 은혜를 많이 받았어요. 은혜를 배신으로 되돌려 주면
안 되잖아요. 나이도 10살이나 어리고, 어떤 때는 철이 없는 아기 같고,
말이 안 통할 때가 간혹 있어 헤어질까도 고민 많이 하였지만….
   그 남자 저를 많이 좋아해요."

"그 남자랑 재혼할 생각이가?"

"그것도 헤어질까 고민하는 걸림돌 중 하나예요. 그 남자는 결혼하자

고 해요.

하지만 이제 결혼이란 굴레에 갇혀 있기 싫어요. 제 나이 50 중반을 넘어섰는데 무슨 부귀영화를 누리려고 결혼을 하겠어요."

"그 남자 너의 마음을 아나?"

"예…. 알아요. 그래서 많이 다투기도 하고 해요."

"그분에 대한 예의가 아니잖아?"

"예전부터 헤어지려고 많이 노력하였어요. 10년이란 시간의 갭이 만만하지 않아요. 어떤 때에는 이 남자 나에 대한 감정 등이 의심스러울 때도 많이 들고요….

아니 지금 이런 이야기 말고…

강열 씨 대답을 들을 차례입니다."

미움도 증오도
밑바탕엔 사랑이 있기 때문이다.

《연》

갈망을 놓을 수 없어
가녀린 마음으로 붙잡고

흔들리는 갈등
손끝 떨림의 진동

팽팽한 긴장감이
하늘까지 전달되고

바람이 깊을수록
솟구쳐 높이 날으니

놓을 수만 없는
미련 따윈 없을 때

바람이 되고
하늘이 되는

비로소
자유

18

나의 선택

그녀는 나의 대답을 듣고 싶어 재촉을 하였다.

"그래 알았다. 대답할꼬마. 음… 너 여자 맞지?"

"이잉 또 왜 그래요? 말 빙빙 돌리지 말고 대답해 줘요."

"그래 하고 있잖아. 우리 나이에 무슨 이성적인 감정이 일겠노?
하지만 너를 보면 나의 청춘이 너에게 오롯이 담겨져 있는데, 그게 내
의지대로 너의 말처럼 끊고 맺음이 확실하게 될까? 사람의 감정이란 게
함부로 단언할 수 있는 것이 아니거든?"

"그건 저도 알아요. 강열 씨가 도와주면 안 될까요?"

"지금 말하자고 하는 요지는 앞에서 말한 이성적 감정, 옛 감정에 빠져
들지 않겠다고 다짐하거나 약속하면 오늘처럼 자주 볼 수 있다.
그렇지 않으면 우리는 보면 안 된다는 뜻이지?"

"예." 하며 말끝을 흐린다.

선 안에 갇혀 있는 삶보다는, 삐뚤삐뚤하지만 선을 벗어난 삶들이 우리 숨 쉬게 한다. 사랑이든 어떠한 관계이든 처음엔 선을 긋지만 선을 넘어야 진실 된 사랑이 이뤄지듯 선을 지워야 하는 게 우리들의 숙명이었고 지향한 삶이었다.

지혜는 그것이 우리들의 삶이고 사랑인 것을 모르고 있었다.

"거꾸로 물어보자. 넌 자신 있나?"

"강열 씨가 도와주면 자신 있어요. 만나고 있는 그분에 대한 예의도 있고요."

"그래 알았다. 넌 남친과 장성한 아들이 있고, 난 마눌과 토끼 같은 딸과 아들이 있는데 네가 염려하는 거는 걱정 붙들어 매거라."

우리가 그은 선은 우리의 감정에 의해 때때로 높낮이도 변화고 늘었다가 줄어들기 마련이다. 어느 때에는 지워지기도 한다. 그러기에 지혜에게 안심을 선물로 주었다.

"강열 씨."

"왜?"

"자신 있다는 말이죠?"

"조선 놈이 조선말 하는데 못 알아듣겠나? 각서 써 줄까?"

"우리가 채권, 채무 관계자도 아닌데 무슨 각서까지…. 호호."

이런 말도 안 되는 이야길 듣고 싶어 부산서 쪼르르 달려왔었나 보다. 몇 달 전에 보였던 사무적인 느낌의 커리어 우먼은 보이지 않고, 완전 옛날 순수한 여대생 모습으로 돌아가 있었다.

남녀 간에 자꾸 밀접하게 만나면 정분이 나게 마련인데….
이 순수한 여자는 진짜 모를까?
아니면 자기의 의지로는 불가능하니까.
나의 의지에 기대어 불안감을 벗어나려는 걸까?

나도 이 상황에서 칼로 무 자르듯 단칼에 자르고 싶지 않았다. 앞으로 일은 그때 가서 고민하면 된다는 것쯤은, 60의 나이가 되면 저절로 터득하게 된다.

"이제 안심이 되나?"

"예…. 강열 씨는 옛날부터 끊고 맺음이 확실하였잖아요. 전 강열 씨를 신뢰합니다."

"가만히 보니까 잘못되면 내가 덤터기 쓰게 생겼네. 이거 뭔가 찜찜한데….'

"아닙니다. 제 의지가 아무리 확고하더라도 강열 씨가 그렇지 않으면 안 되는 거잖아요. 서로가 어느 선을 넘지 말아야 아니 넘지 않도록 노력해야 오래 볼 수 있기에 부탁드린 겁니다.'

"그래 조금 이해가 안 되는 부분은 있지만, 약속하마.'

사실 처음엔 청춘 남녀로 만났지만, 이젠 60이 가까운 나이에 피가 펄펄 끓는 것도 아니고 성적인 욕망도 사라져 가는데 약속이 무슨 대수라고 못 해 주겠는가.

호르몬의 영향으로 남자는 여성화, 여자는 남성화되어 간다. 남자나 여자나 성적으로는 메마른 나무가 되어 가고 있다.

마른 나무에 새싹이 자라나는 회춘도 있을 수도 있겠지만… 예전보다 편할 수도 있다. 어쩌면 스킨십이 줄어들면서 섭섭한 관계로 변할 수도 있겠다. 60 가까이 살아오면서 대나무 같은 마디가 얼마나 많았겠는가?

그 마디마디에서 우린 성숙해 간다.

누군 마디가 옹이가 되어 있겠지만….

옹이든 마디이든, 세월이 여자, 남자가 아니라 사람과 사람으로 만나고 대하게 한다.

"고마워요. 강열 씨!'

안도의 한숨을 내쉬더니
또 강열 씨 하며 부른다….

인생은 항상 선택에서 시작하여 선택으로 끝이 난다.

《약속》

지키지 못한 약속들
그 무게가 너무 무거워
당신을 놓을 수가 없다

나의 해가 저물기 전에
당신에게 빚진
약속들을 지키고 싶다

가득히 채워 줄 터이니
그때까지만이라도
당신 내 곁에서 기다려 줘

19

과거와의 이별

"강열 씨~."

"뭐 또 궁금한 게 있나?"

"예….."

"뭐? 빼지 말고 세게 말고 살살 물어봐라. 허허."

"기분 나쁘게 듣지 마시고….."

뜸을 잠시 들이더니….

"심각한 이야기인가 보네. 무섭다."

"그때 왜 날 붙잡지 않았어요?"

"허허 왜 이러세요. 빚 받으러 온 사람 맞네."

"그게 아니고요. 살아오면서 진짜 궁금했어요. 강열 씨가 왜 나의 손을 놓았는지? 손 내미는 우리 아빠에게 왜 매몰차게 거절하였는지."

"마! 네가 나의 손을 뿌리쳤지. 언제 내가 너의 손을 놓았노? 그리고 이제 와서 그거 알아 뭐 할라꼬? 되돌릴 수도 없고…. 나 잘살고 있습니다요."

"알고 있어요. 강열 씨 얼굴에 행복이 보여요. 자신감도요. 그래서 부담 없이 제가 울산에 올라올 수 있었어요."

"우리 삶에 있어서 기쁨과 웃음만 존재한다면, 무엇인가 중요한 게 빠진 것 같지 않니? 우리 만남이 이별 없이 지속되었으면 현재보다 좋을 순 있겠지만, 이런 애틋함이 없을 것이란 것은 자명한 사실이야.
그래 오늘은 이까이만 하자."

"예. 알겠어요. 미안해요. 괜한 말을 해서요."

"괜찮다요. 언젠가는 편안한 마음으로 이야기할 때가 있을 끼다. 오래 사니까 이렇게 보잖아. 맞다!! 너 위에 언니 나 많이 좋아했는데, 일일 호프 할 때도 도와주고…. 언니 아주 예뻤는데 잘 살고 계시나? 그때 서울에서 살았었지?"

"예. 그렇지 않아도 우리 다시 만나는 거 알고는 강열 씨 많이 궁금해 해요. 하도 많이 물어 보기에 그냥 폭삭 늙었다고 했어요. 히힛."

"야! 넌 내만 보면 폭삭 늙었다 하니?
우리 마누라 들으면 기분 나쁘겠다. 넌 젊은 그 남자만 보고 사니 그렇지…."

"아닙니다. 처음엔 어색해서 그냥 해 본 소리였습니다. 실제로 보니 옛 날엔 얼굴이 차갑고 샤프했는데…
지금은 얼굴에 살이 붙으면서 온화하고 따뜻하게 보여 좋아요. 얼굴은 그 사람이 살아온 역사라 하잖아요. 지나온 삶이 평탄했다는 것이겠죠."

"그럴 수도 있고 아니면 내가 먹는 약물 영향일 거야."

"어디 아파요?"

"참내, 내 나이가 몇인고 아나?"

"올해 59살이죠. 만 나이로 57~8인가?"

"여기저기 고장 날 때 되었잖아. 별거 아니야."

"유심히 보니 살짝 늙었긴 하네요. 히힛."

"야! 50보 100보다."

"맞심더. 인정합니다. 거기가 거기죠."

"그래 언제 기회가 닿으면 너네 언니 한번 보자. 곱게 늙었으려나?"

지혜는 나의 허락도 없이 틈이 없는 내 마음에 조금씩 조금씩 헤집고 들어오고 있었다.

과거의 추억을 공유하고 있다는 것은
30년이란 세월을 뛰어넘어 시공을 초월한 그 무엇도 용서하고 이해를 한다.

《내가 미워》

어느 때는 눈송이처럼
어느 때는 돌덩이 되어

켜켜이 쌓아 올린 그리움이
가슴에 다보탑이 되어 있다

가끔씩 아리고 아파서

무너뜨리려고 무던히도 애썼지만

가슴 언저리 멍들게 한
돌 하나 덜어 내지 못했다

힘들어서 외면하려 할수록
더 높고 견고해지는 탑이 되었다

오늘 산을 오르며
가팔라서인지 잠시 무너뜨렸다

오늘 길을 걸으며
언제 흘렸는지 잃어버렸다

찾으려 돌아보아도
흔적조차 보이지 않았다

되돌아가서 불러 보아도
뒤척이는 작은 소리 하나 없었다

시간이 지나면 찾지 않아도
스스로 찾아오는 계절 같은 그리움을

더 많은 시간이 흐르면
저절로 추억이 되는 그 그리움을

잠시 놓쳐 버려서
용서하지 못할 만큼 내가 밉다

20

편안한 관계

이 사람은 예전부터 마주한 사람을 편안하게 하는 묘한 능력이 있었다.

나이가 들어감에 따라 여성 호르몬 과다 분비로 나도 반은 아줌마가
다 되었다.

지혜의 친구들 이야기, 내 친구들 이야기로 한동안 시간 가는 줄 모르
고 이야길 나누었다.

특히 나랑 친했던 정희근 친구의 죽음 이야기에 그녀는 눈물을 펑펑
쏟아내었다. 죽음은 바람 속에 머물러 있다가 예고도 없이… 전혀 받아
들일 준비도 없는 사람의 속에 뛰어든다.

그래서 시간 앞에 우린 겸손해야 하고 경건하게 시간을 마주 대하여야
한다.

지혜는 지난 날 나야 당연하지만 내 친구들이 아주 많이 궁금하였었다
고 했다.

"강열 씨가 군대 가 있을 동안 항상 절 챙겨 준 재홍 씨는 뭐 해요?"

내 인생에 있어서 로또 당첨은 마누라이다. 이 또한 재홍이 결혼이 계기가 되었다. 로또 당첨 순서가 있다면 첫 번째가 재홍이고 다음이 마누라이다.

"아. 그 친구 울산에서 학원 운영한다. 그리고 잘 먹고 잘산다. 그렇지 않아도 우리 만나면 너 이야기 많이 한다.

그때 그 팀들….

죽은 친구만 빼고 재홍이, 박영호, 미옥 씨 항상 모여 놀러 다닌다. 요번엔 제주도와 라오스 간다.

사실은 희근이 죽음을 계기로 4명이 매월 만난다. 미옥 씨는 니 알제?"

"예. 희근 씨 부인이자 CC(같은 과 커플)이잖아요."

"남들은 남자 셋에 여자 한 명과 해외여행 다니는 것을 의아해하지만 우리들에겐 그런 역사가 있는 기라."

"예. 이해됩니다. 미옥이 언니 참 안됐네요. 한편으로는 오빠들과 함께 다닌다는 것에 대해서는 행복하겠다는 생각이 드네요."

"다음에 울산 한 번 더 오면 재홍이 친구 불러 줄게."

"진짜요?"

"그래…. 다음 모임 할 때 너한테 연락 줄꼬마. 그때 봐도 된다. 아마 모두 좋아할 끼다."

"에이…. 제가 거기에 어떻게 가요? 이상하게 생각할 것인데…."

"마! 너 혼자 이상하게 생각하거덩. 그러고 보니 내 친구들은 울 마눌 보다 너랑 더 면면해하고 친밀하겠다. 질풍노도의 시기 6년을 함께해 왔 으니…."

"오늘 울산 오기까지 많은 생각을 했는데… 올라오기를 참 잘했다 싶 네요."

"야! 지혜야 밥 무로 가자. 이야길 많이 하였더니 배가 고프네…."

"그렇죠. 미안해요. 저도 정신이 없었네요. 횟밥 드실 줄 아나요?"

"나 잊었나?"

"알아요. 비위 약한 거. 하지만 세월이 세월인 만큼 식성이 변했나 싶 어서요."

나는 바닷가에서 태어나고 자랐음에도 회를 먹을 줄 몰랐고 비릿한 내음으로 인하여 먹으면 토하곤 했다. 아마도 그래서 예나 지금이나 비실비실한지도 모르겠다. 다행히 거제도 군대 시절 지세포 횟집에서 된장과 초장이 아닌 와사비를 만나는 덕분에 지금까지 회는 조금 먹을 수 있다.

"못 먹는다. 회나 찌개 종류나 무로 가자."

"예…. 저 아래로 해서 좀 걸어서 가요. 여기 너무 좋아요. 자주 올 것 같아요. 아…. 같이 걸어도 돼요?"

"참말로…. 그렇게 걱정되면 너 먼저 10m 앞서 걸어가세요."

"죄송해요. 강열 씨가 걱정되어서요…."

"강열 씨~."

"응. 와?"

"강열 씨의 매력이 뭔지 아세요?"

"그걸 내가 우째 알겠노?"

"웃는 모습도 매력적이지만, 경상도 특유의 차가우면서 무뚝뚝한 말투예요. 마음은 아주 따뜻하고 다정다감한데 말만 차갑게 하는 거…."

"허허 참 별게 다 매력적이네. 여튼 감동 한 바가지이다."

듣기 거북한 소리는 아니었다. 칭찬을 하고 있는 것이다.

"오늘 좋은 소릴 들었으니 초등학생처럼 일기라도 적어야 하나?"

"사실이에요."

누구나
사랑에 눈뜨면, 단점이 장점으로 보이는 마술을 부린다.

《부탁이야》

　한 사람의 마음을
　받아들이는 거 쉬울지 모르지만
　받아들인 마음
　덜어 내는 것은 쉽지가 않아

　한 사람의 마음을
　지우거나 덜어 내는 것은
　말처럼 간단한 것이 아니라

형언할 수 없을 만큼 고통이 따르는 긴 과정이야

상처와 고통은 한 사람의 마음을
받아들였던 기간이 길고 짧음이 아니라
얼마나 감정이 깊었나에 따라
고통과 시간이 비례해

마음을 주었던 사람은 어떤 이유로
주었던 마음 거둬들이고
쉽게 가슴에서 덜어 내고 비우며
또 다른 사랑 빈 가슴에 채우면 끝날지 모르지만

진실로 그대 마음 받아들인 한 사람은
상처뿐만이 아니라 삶 자체가 무너지거나
일생 동안 상처를 보듬고 아파해야 하는
가혹한 형벌이 될 수 있어

함부로
한순간의 가벼운 감정으로
쉽게 마음 주고 거둬들이지 마
그대 마음에 인생 전체를 걸었을 수 있으니

21

거리감

간절곶에서 해 뜨는 모습 꼭 한번 보고 싶다며, 그때 꼭 같이 와 달라고 했다.

"젊은 그분 모시고 와서 같이 보세요."라고 했더니…

"강열 씨랑 꼭 한번 보고 싶어요."라고 했다.

"저 아래 우리 키보다 3배 정도 큰 우체통, 그거 아까 봤지?"

"예. 진짜로 편지 써서 넣으면 배달되나요?"

"직접 니 소원, 바람 등을 써서 넣어 봐. 주소 적어서. 내가 알기로는 정상적으로 배달된다고 들었던 것 같아."

"강열 씨에게 편지 써서 넣어 볼까요?"

"그러세요. 맞아…. 나 군대 가 있을 동안 분홍색 볼펜 색으로 너 편지 매일 써서 보내 주었지. 너 편지 많은 위로와 응원이 되었다. 무사히 군대를 제대하게 됨도 지혜 니 덕분이다."

"에이… 갑자기 칭찬 모드(mode)로 바뀌네요. 사실 그땐 편지 쓰는 게 그렇게 설레고 좋았어요. 편지지를 펼치면 딱 강열 씨 얼굴이 편지지 위에 나타났어요."

"그랬나? 여튼 그 시절 편지 고마웠다. 네가 보낸 편지는 한 박스 정도였다. 너랑 헤어지고 사천 고향에 내려가 헛간에서 태웠다."

"태웠어요? 그러고 보니 저도 마찬가지이네요."

"보관하고 있었다면 장편 소설 책 한 권 나오는 것인데. 허허."

"남사스럽게 어째 책으로 내어요."

"요즈음 생각하니 안타깝다. 그때 고향에 내려와 눈물 질질 짜고 있으니, 어머니가 편지 태워 없애라고 했다. 가지고 있으면 못 잊는다고. 그때 안 태웠더라도 결혼하면서 태웠을 거야."

"갑자기 칭찬 모드에서 눈물 모드로 바뀌었네요."

"그러고 보니 너 생각날런가 모르겠다."

"뭔데요?"

"커플 반지, 군대에서 만들어 준 총알 목걸이, 기념화 등…."

"죄송해요. 강열 씨."

"아, 내가 괜한 이야길 하였구나."

우린 또 한 번 아픈 과거를 들추어내었다. 하지만 그녀는 시간이 흐를수록 옛 감정으로 다가오는 것 같았고, 예전처럼 날 많이 편안해했다.

바야흐로 시간이 흘러 간절곶에서 오후 늦게까지 이야길 나누다가, 무거동으로 돌아와 대학교 앞에서 차를 한 잔 더 하는 시간을 가졌다.
해가 뉘엿뉘엿 넘어가는 시간이 되어서야 석양을 가슴에 품고 그녀는 부산으로 내려갔다.

그녀를 보내고 힘 빠진 모습으로 투덜투덜 학원으로 걸어갔다. 왠지 옆구리가 허전하고 이해할 수 없는 묘한 기분이 들었다. 예전에는 만나고 나면 잘 풀리지 않는 수학 문제를 마주한 무거움이 있었다.
오늘은 상큼한 주스를 마신 기분이며, 허전한 이면에 가슴에 뭐가 가득 찬 뿌듯함이 느껴졌다. 내가 그녀를 진정성 있게 대하고 있는지도 궁금하였다. 젊은 시절 예전같이 건성으로 만나고 있지는 않은지 되돌아보기도 하였다. 최선을 다한 지혜와의 만남이지 않은 것 같아 미안한 마음이 들었다. 학원에 들어가기 전, 미안한 마음을 지우기 위해 전화를 했다.

"지혜야. 운전하는데 잠 안 와?"

"예. 전혀요."

"그래. 많이 피곤할 터인데 운전 조심하고 잘 내려가. 그리고 종종 보자꾸나."

종종 보자는 의미 없는 립 서비스를 했다.

"아…, 강열 씨 오늘 기분 정말 최상이에요. 날아갈 것만 같아요. 참으로 오랜만에 느껴 보는 행복감입니다. 가슴 가득한 충만감입니다. 고마워요."

"헐… 내가 뭐 했다고…."

"고맙죠. 하루 종일 저랑 함께해 준 것만으로 눈물 나게 고마워요. 생이 다하는 그날까지 오늘 이 기분 간직할 겁니다.
강열 씨 우리 자주 만나요."

"그럼 다음엔 내가 부산 갈까?" 하고 말하곤 싱겁게 웃었다.

"그러면 저는 너무 좋죠. 아니에요. 제가 울산으로 드라이브 삼아 올라 갈게요." 하고는 머뭇머뭇거렸다.

"강열 씨 바쁘게 살잖아요. 그리고 사모님한테 거짓말하고 와야 하잖 아요. 그러는 거 싫어요. 제가 울산으로 갈게요. 그냥 외롭고 힘들 때, 또 뭔가 허전할 때 전화하고 올라갈게요. 또 자주 전화나 문자 드릴게요."

"그래···. 알았으니 조심히 내려가."

"예. 고마워요. 부산 도착하면 문자 드릴게요."

"그래···."

"강열 씨 전화 먼저 끊으세요. 제가 먼저 끊는 게 예의가 아닌 것 같아요."

"그런 게 어딨어."

"그래도요."

"알았어. 내가 먼저 끊을게. 조심히 운전해."

"예…. 고마워요."

몇 시간 만에 우리의 거리감은 10m에서 1m로 대폭 좁혀져 있었다. 지혜의 가슴과 내 가슴을 이어 주는 거리가 가까워짐은 허물없는 과거로 회귀함 때문일 것이다.

사랑과 재채기는 숨길 수 없다고 하였다.
어떤 사랑이든 사랑하는 사이일수록 더욱 배려해야 하고 기다려 주고 지켜 주어야지, 가까워졌다고 함부로 대하여도 된다는 의미는 아닐 터이다.

《내 고향의 하루》

새벽이 칠순의 나이로 옵니다
밤새 잠을 설친
마른기침 소리

부산을 떠는 햇살 한 됫박을 섞어
어머니는 아침 준비를 합니다
나를 깨우던 밥 짓는 냄새

바쁘게 문턱 넘나드는 어머니

누룽지 생각에 빠진 강아지
아버지 지게만이 집을 지킵니다

출렁이는 바다에 드리운 낙조가
붉은 태양을 삼킬 때
허기진 배를 채운 막걸리 동나고

땅거미 마을 어귀에 들어서면
굴뚝들이 여기저기서 춤추고
청마루 끝에 하루가 익어 갑니다

과거 지우기

22

기다림

그녀가 부산에 도착하면 꼭 문자를 보내왔다.

"강열 씨 염려 덕분에 부산 집에 잘 도착했어요. 꿈 많았고 철없던 20대로 다시 돌아가게 해 줘서 너무너무 고마웠어요.
죽어도 여한이 없을 것 같아요."

내가 뭐 한 게 있다고…. 허참!
여자들이란 작은 것에 감동하는 것 같다. 사실 곁에 있어 준 것밖에 없는데….

이 문자가 시작이었다.
매일 아침이면, 카톡으로 아침 인사를 보내왔고 매일 하루의 스케줄을 보내왔다. 20대 학생 때 했던 행동 그대로 하고 있었다.

맛있는 식사를 하면, 분위기 있는 카페에 가면, 누구를 만나면, 옛날에 같이 거닐었던 곳을 지나쳐도 그때그때의 감정과 마음을 전해 왔다.

카톡을 보면 이 여자가 어디에 있으며 지금쯤 어딜 지나치고 있겠구나를 알 수 있을 정도였다.

어느 순간부터 지혜의 목소리 톤은 경쾌해졌고 발랄해졌다. 분명코 우리의 만남이 일상에 활력을 불어넣고 있었다.

어느 때는 이 여자 다시 나랑 연애하는 감정인가? 왜 이러지 싶다가도, 카톡이 오지 않으면 은연중에 걱정도 되고, 나도 모르게 소식을 기다리고 있었다.

과거의 추억을 공유하고 있어서인지…

사랑 감정 따윈 이미 식었다고 생각했다. 아니 메말라 없어진 줄 알았다. 그런데 사막 오아시스에서 물이 치솟아 오르듯 사랑의 감정이 주체할 수 없을 정도로 들썩이고 있었다. 마른 나무가 봄이 되어 생기를 되찾게 된 것이다.

지혜는 꼭 20대 때 사랑을 나눌 때와 똑같이 행동했다.

나도 모르게 지혜의 블랙홀이란 늪에 빠져 들어가고 있었다.

사실 나도 이런 관계가 싫지는 않았다.

'무미건조한 일상들, 다람쥐 쳇바퀴처럼 반복되는 단순한 업무, 긴장감 없는 느슨함, 갱년기 증상처럼 의욕 없는 삶이' 그녀와의 만남으로 단한 번에 무미건조한 일상들을 일시에 모두를 깨뜨리는 마력이 있었다.

재미없어 했던 일들이 재미가 있어지고, 모두가 신비롭게 보이고, 삶에 의욕을 되찾게 해 주고, 약간의 긴장감도 조성해 주고, 하루하루가 팽팽

한 탄력이 살아나는 것 같았다.

그녀와 만남 이후 아무것도 모르는 옆지기인 마누라도 좋아했다. 일찍 집을 나가거나 출근하고, 집에 있어도 TV 보는 자기를 귀찮게 하지 않고 혼자 있는 것을 좋아하니….
  부부간에도 약간의 비밀이 있어야 한다고 본다. 약간의 긴장감도 조성되고 서로에 대한 조심성과 없던 배려심도 생기게 된다.

하루하루 나의 일상에서 이미 그녀는 너무 깊숙하게 스며들어 와 있었고, 나 또한 익숙해져 가고 있었다. 하얀 화지 위에 실수로 떨어뜨린 잉크 한 방울이…
  순식간에 퍼져 나가며 푸른 잉크 색으로 물들어 가는 것처럼 순식간에 지혜에게 젖어들고 있었다.

사랑은 알고도 속아 주고
모르고도 속아 준다.

《중독성 소나기》

전혀 준비도 없는
어느 날 소나기를 맞았어

그렇게 세찬 비를
살아오며 처음 만났어 속옷까지 젖었지

젖지 않으려고
이리 뛰고 저리 뛰고 바둥거려 보았지

촉촉하게
젖어 오는 느낌이 싫지 않았어

놓아 버리고 받아들이니
또 다른 세상이 나를 반겨 주었어

흠뻑 빠져들어
즐겼다 모두를 잊을 만큼

그렇잖아
모든 게 끝이 있어

흠뻑 젖었기에
날씨 좋은 날 창 너머 줄에 걸어 놓았지

몇 날 며칠에 걸쳐
간신히 햇볕에 바짝 말렸는데

어느새

또 비가 내려 또 젖어 있었어

23

나들이

하는 일들이 바빠서인지, 저번에 내려갈 때는 당장이라도 울산 올라올 것처럼 이야기하더니 쉬이 울산 올라오겠다는 소식은 없었다.

아마도 우리들의 너무 빠른 진도에 한 템포를 늦추기 위해 숨 쉬기 운동을 하거나, 육체는 앞서가는데 영혼이 따라오고 있지 않아 영혼을 기다리고 있었는지 모르겠다. 정신을 가다듬으면 연락이 올 터이다.

만나지 않아도 매일 만나는 것 같음은 휴대폰 때문이다. 문명의 발달로 제일 많은 혜택을 받는 대상들이 사랑하는 연인들이 아닌가 싶다.

우리들의 20대 때에는 유선 전화밖에 없어 미리 약속이 안 되어 있으면 연락하기가 쉽지 않았다. 보통 여자친구 집에 전화하려면 큰 용기가 필요했다.

용기를 내어

"저는 하지혜의 친구 이강열입니다. 지혜 좀 부탁드립니다."라고 하면 (그녀는 여대라서 학교 친구라 할 수 없었다.)

십중팔구 이유도 물어보지 않고 "없다."였었다.

요즘은 휴대폰의 발달로 연인끼리 연락하기엔 옛날처럼 어려움이 없을 것이다.

며칠 시간이 흐른 어느 날 카톡으로
"편안한 시간에 전화를 부탁한다."는 톡이 오기에 전화를 걸었다.

"강열 씨 그동안 잘 지냈어요?
저 내일 울산 올라가고픈데…. 내일 한가하거든요. 사실은 강열 씨 보러 가려고 일 진짜 열심히 많이 했어요."

미리 예고도 없이 갑작스레 올라오겠다고 했다. 다른 약속이라도 잡혀 있으면 어떻게 하려고 이럴까?
내가 자기만 바라보고 있는 줄 착각하고 있나?
다행히도 특별한 약속이 없었기에, 아니 있었다 하더라도 오케이였다.

"응. 내일이 금요일이네.
특별한 일은 없어. 뭘 그렇게 무리해 가면서 오려고 하니?"

"무리까지는 아니고요. 게으름 안 피우고 일 좀 당겨서 하였죠. 히힛.
내일 올라가도 되죠?"

"응. 오느라. 언제든 환영입니다."

그녀도 나의 일주일 스케줄을 꿰고 있다.

월요일은 학원 회의 때문에 바쁘고,
화요일은 아침 일찍부터 드럼을 배우고,
수요일은 봉사 활동 가고,
목요일은 원장님들과 산에 가고,
금요일이 제일 한가하고,
토요일은 학원에 얽매여 있어야 하고,
일요일은 가족과 함께.

"강열 씨가 제 차를 타기가 제일 쉬운 곳이 어디예요? 모시러 갈게요."

"그냥 울산대 앞에서 만나면 된다."

"집이나 학원이 대학교 앞은 아니잖아요? 지금까진 제가 찾기 쉬운 곳인 울산대 앞으로 했었기도 하였고요. 이젠 울산대 앞이 더 불편해요. 차들이 너무 많아서요."

"그럴 수도 있겠다."

"강열 씨가 저를 만나러 올 때 주차하고 나오실 거잖아요."

"응."

"거기가 어디예요?"

"그래…. 울산 톨게이트에서 제일 우측으로 빠지면 장금마을 출구야.
그대로 직진하여 나오면 바로 우리 학원이야. 주소 찍어 보내 줄 터이니
내비 찍고 와.
　찾기 쉬울 거야."

"예. 미안하고 죄송해요. 미리 물어서 그렇게 했어야 했는데…."

"거기나 저나 비슷비슷해."

"예. 알겠어요. 내일 올라가면서 전화나 문자 보낼게요. 내일 봬요. 강
열 씨 전화 먼저 끊어 주세요."

"그래…. 전화 끊는다."

"아 참! 강열 씨~."

《그런 사람》

외로울 때
많이 힘들 때

무작정 전화를 할 수 있는
친구가 있다

아주 사소함에도
숨넘어가는 헛헛한 웃음으로

항상 나를 믿고
힘과 용기를 주는 친구

내게 그런 친구가 있다

네게 내가 그런 사람이고 싶다

24
추억을 찾아서

"아 참! 강열 씨~."

"응. 와?"

"내일 만나면 팔짱 껴도 돼요?"

"너 와이라노? 선머슴아 가슴 설레게….."

"그렇지 않아도 강열 씨 가슴 설레게 하려고요."

"마! 됐다. 고마해라. 전화 끊는다."

"강열 씨. 저 어렵게 물어보는 건데….."

"전기 통하면 어쩌려고? 그리고 남들 보면 어쩌려고?"

"전기 좀 통하면 어때요. 또 아무도 없는 데서 끼면 되지요."

"그래 알았다. 낼 만나서 얘기하자."

"예. 고마워요. 내일 얘기해요. 강열 씨 이제 전화 끊으셔도 됩니다."

"그래 끊는다."

이 친구 와 이러지….

올라온다고 하긴 하는데 이번에는 어딜 데리고 가지? 정자 바닷가로 가 볼까? 예전에 친구 만나러 같이 울산 온 적이 있는데 기억하고 있으려나?
경주에는 자주 갔었는데 경주에 가자 할까? 시간이 되려나?

요사인 나의 직업이 뭔지 모른다….
건성건성 학원에 들러 선생님들에게 눈도장 찍고 독서실에 가서는 글이나 시를 짓는다. 아니면 산이나 텃밭에 가서 산다. 또 시간이 나면 늦게 시작한 음악 공부를 한다. 여튼 빈둥빈둥 놀 시간은 없다. 특히 지혜를 만난 후 더 바쁜 것 같다.

그녀가 울산 온다는 말에… 소풍 가는 날 기다리는 초등학생처럼 밤잠을 설친다. 몇 번이나 일어나 거실에 눕거나 괜한 냉장고 문만 여닫는다. 잠이 오지 않을 때 함께해 주는 놈이 있다. 휴대폰이다. 얼마나 고마운 줄 모른다. 밴드, 페이스북, 인스타 등을 섭렵하니 켜켜이 포개졌던 어둠이 밀려나고 여명이 밝아 오고 있었다.

마누라한테는 "모임 간다."라고 말하였다.
"모임에서 점심 먹을 테니, 나 기다리지 말고 혼자 드세요."라고 말한 후 부랴부랴 챙겨 입고 학원 주차장에 가서 기다렸다.

지혜를 만나게 되면서 거짓말쟁이가 되어 가고 있었다. 거짓말을 할 때는 복잡하게 하면 안 된다. 간단명료하게 해야 믿음이 간다. 그러고 보니 선수가 다 되어 간다. 마눌에게 많이 미안했다.
그렇다고 바람을 피우고 있지는 않다.
단지 아픈 과거 추억을 헤집어 쓰다듬어 주고 있을 뿐이다.
가슴에 손을 얹고 양심의 가책이 없나?
이런 비현실적인 물음에 솔직히 답할 자신이 없다.
마누라의 관점에서는 외도일 수도 있겠다.

얼마나 시간이 흘렀을까? 역시 좋은 차라서 그런지 소리 없이 스르르 내 앞에 와 섰다.

"와 나와 있어예? 추운데…. 도착해서 전화하면 나오시면 되죠."

"별로 안 춥다. 글코 네가 부산서 올라오는데 이 정도 예의쯤은 보여

야지….

　몇 달 전 너도 날 처음 볼 때 이 날씨보다 더 추운데 나와 있었다. 그때
나도 '니 와 나와 있노.' 너와 똑같이 말했었다."

"그때 뭐라고 제가 말했죠?"

"나와서 기다리고 있는 게 마음이 편해서라고 했다."

"강열 씨는 그렇게 안 하셔도 됩니다. 그러면 제가 많이 부담스러워요."

"넌 되고 난 안 되고…. 일단 알았어요. 우리 학원 구경할래?"

"아니예. 다음에 할게요. 오늘은 제가 어디 좀 모실게요. 타세요."

"그래…. 어딜 가려고? 지혜 니 울산에 아는 데 있나?"

"방어진 가려면 많이 머나요?"

"마. 여기서 방어진 가는 시간이나 부산서 울산 오는 시간이나 엇비
슷해…."

"강열 씨. 그래도 가고 싶어요."

"방어진에 뭐 보여 줄 게 있나?"

"있습니다. 강열 씨랑 저랑 뭘 두고 온 게 있어요."

"헉! 뭔데?"

"저랑 강열 씨랑 추억들이요. 기억 안 나세요?"

"우리 옛날에 방어진까지 갔었나? 넌 기억력도 좋다. 난 친구 집이 있는 우정동을 간 것밖에 기억이 없는데…."

"사람들은 다 그래요. 자기가 듣고 싶은 이야기만 듣고 보고 싶은 거만 보고 자기가 기억하고 싶은 거만 기억하죠.
　일단 가면서 이야기해요."

"그래 어디든 가 보자."

도전 없이 얻는 것은 하나도 없다.

《소풍》

어떤 식으로 계산을 하여도
살아온 날보다
살다 갈 날이
많이 적다
잠시 소풍 나온 인생
얼마나 놀다 갈지 모르지만
살다 갈 날 역시
지나 온 젊음 같은 것은 없다

일반적으로
육체적이든 정신적으로든
건강한 소풍놀이를 할 수
있는 날은 손가락 안이다
이럼에도
점잔을 빼고
이목을 두려워하고
무한한 소풍놀이를 할 수 있을 것처럼
갈등하며 시간을 허비하고 있다

내 의지로
소풍을 즐길 시간이 얼마 남지 않았다

소풍이 끝나고
휴식을 취하거나
소풍 나왔던 그 집으로
돌아갈 채비를 해야 할 때이다
소설이 그러하듯이
지금은 위기의 단계에서
절정의 단계를 넘어가고 있다
남은 시간
모두 클라이맥스로 유지하고픈데
시간은 그걸 용서하지 않는다

25

팔짱

이런저런 이야길 나누고 가다 보니 미포조선이 나왔고 곧 일산해수욕
장이었다.

"나 너랑 여기 온 거 기억에 전혀 없다."

기억의 깊은 골을 아무리 건드려도 기억의 작은 파편 하나를 찾을 수
없었다. 사실 큰 수술을 하고 난 후 기억이 단절된 곳이 많다. 보통 작은
단서 하나만 끄집어내면 보통 기억이 되살아나는데 전혀 기억이 안 나
는 곳이 띄엄띄엄 있다.

"맞아요. 여긴 안 왔어요."

"그럼 어디?"

"저쪽 방어진 끄트머리… 코끼리 상아인가 고래 뼈였던가로 두 개 세
워 놓은 하얀 등대가 있었어요."

"아… 너랑 울기등대에 왔었나? 난 다른 여자랑 왔는 줄 알았는데."

"강열 씨 여전하네요. 솔직한 거… 히히.
 저랑도 왔어요. 그리고 다른 여자랑 왔었을 수도 있겠죠."

"미안하다. 풋풋했던 추억을 기억 못 해서."

"아니에요. 미안해할 일은 아닙니다. 강열 씨가 고등학교 때 진주에서
울산 여기까지 간부 수련회인가? 와서 일주일간 합숙 훈련했다고 했었
는데…."

"우와 맞다. 그라모 맞네…. 우째 그걸 다 기억하노?"

"강열 씨. 여기 강열 씨 아는 사람 많나요?"

"아니 학원장들 아니면 없을걸?"

"그러면 팔짱 끼고 걸어도 되겠네요. 팔짱 끼고 걷고 싶어서 여길 왔
어요."

"너 대단하다. 내가 너한테 두 손 두 발 다 들었다."

"잠시만요." 하더니 곧바로 옆구리로 손이 쑤욱 들어왔다.

"어때요. 옛날 생각나나요?"

"아니 팔짱 낀다고 옛날 생각나나? 너만 내 팔짱 끼었겠나?"

"에이… 이게 아닌데…. 나 혼자 헛물켰네요."

"어어. 그게 아니고…. 네가 팔짱을 끼니 부자연스럽지는 않네."

"맞죠? 곧 익숙해지고 옛날 생각들이 소록소록 기억날 겁니다."

익숙함은 곧 친숙함이다. 때로는 친숙함보다는 부자연스러운 새로움
이 특별히 다가올 때도 있다. 특히 남자들은 익숙함보다는 새로움을 종
종 찾을 때가 많다.
지혜는 모르겠지만…….

"팔짱 끼니 좋나?"

"강열 씨는 안 좋나요?"

"너 꼭 우리 둘째 같다. 팔짱 끼고 아래에서 위를 쳐다보면서 이야기하
는 모습이….".

"둘째가 귀엽나 봐요?"

"응…. 예전에 너처럼 호주머니에 넣고 다니고 싶을 만큼. 그러고 보니 우리 애들 이야기 별로 안 했네."

"강열 씨. 그냥 우린 우리 이야기만 해요. 애들 이야긴 부인 아니 사모님과 하시고요."

"그래. 무슨 뜻인지 알겠다."

그렇게 일산해수욕장에서 낀 팔짱을 풀지 않은 채 울기등대까지 걸었다. 이 친구는 나랑 팔짱 끼는 게 꽤 익숙한 듯 전혀 불편해하지 않고 있었다.

난 누가 볼까 불안불안하면서도 싫지는 않았다. 이런 느낌, 이런 기분을 언제 어디에서 느껴 볼 수 있겠는가?

나도 어느 사이 지혜의 뜨거운 열기를 간직하며 즐기고 있었다.

사실 학원을 운영하는 원장들은 나름 얼굴이 많이 노출되어 있다. 학생들이 많을 땐 하루에 천 명의 학생이 학원을 드나들었다. 30년 동안 배출한 수많은 제자, 나는 기억도 못 하는데 불쑥 인사하는 학부모들, 나랑 함께 근무한 선생님들….

그리고 사회적으로는 로터리 클럽, 학원 연합회 임원, 봉사활동, 여러 모임 등으로 사회 활동을 많이 한 나로서는 원장들뿐만 아니라, 일반인들에게도 유명 인사들처럼 꽤나 알려져 있다.

이 친구는 울산에서 내가 얼마나 많은 유명세를 타고 있는지 모르는 것이 어쩌면 다행이었다.

"강열 씨!" 하고는 팔짱을 더욱 깊게 파고들었다.

팔짱을 끼고 걸을 때마다, 나의 팔굼치 부분이 지혜의 가슴을 스치거나 누를 때가 있었다. 지혜는 전혀 의식하지 않아 했다.
20대 때부터 궁금했던 것이었지만 물어보지 못했다. 속옷 때문에 못 느끼는 것일까? 아니면 느껴도 모른 체하는 것일까?

팔짱은 거리감을 없애기도 하고 친근감을 나타내는 미터기이기도 하다

《등대》

망망대해 입 맞추고
사나운 너울에 올라타
님 오시는 길 이정표로 섰다

부서지는 하얀 파편들 모아서 세우고
눈에 머문 붉은 핏발
무사를 위한 염원이
어둠과 화난 날씨 앞에도

한 치의 흔들림 없이
부모 마음으로 항구 끄트머리 섰다

"돈 벌어 올게"
헛기침으로 떠난 님 이제나저제나
하염없이 기다림에 망부석 되어 섰다

26

이별

이 여자 잘 걷는다. 내 걸음이 빠른 편이라 다들 힘들어 하는데…
신나하면서 아기처럼 재잘거리며 잘도 따라다닌다.

"지혜 너 아침 먹고 올라왔나?"

"아… 죄송해요. 강열 씨 배고프시구나."

"그게 아니고요. 어디 좀 가서 앉자고요. 벤치에 좀 앉자."

"아… 예. 저기에 있네요. 강열 씨… 많이 힘드시나요?"

"아니 아직은. 영감 소리 안 들을 만큼 산도 제법 탄다. 너 등산 좋아하나?"

"강열 씨 등산 좋아하시나 봐요. 저도 조금 좋아해요."

"그럼 다음엔 등산 한번 하자. 날 한번 잡아라."

"진짜예요? 진짜로 날 잡습니다. 제가 맛있는 거 준비할게요."

"그래 너 가정관리학과인가 나왔지? 군대 있을 때 깍두기 맛있게 잘 담아 왔었는데…."

"아… 그걸 기억하세요. 좀처럼 입맛 맞추긴 힘든 강열 씨 입맛에 맞았나 봐요?"

"그래…. 좀 특이했던 것 같아 기억하고 있다."

"맞아요. 쌀밥을 풀어 깍두기를 양념했었지요. 그럼 산도 제가 마음대로 정해도 되나요?"

"그래. 너 가고 싶었던 산 있으면 거기로 해라."

그런데 잠시 침묵이 흘러 고개를 돌려 그녀를 쳐다보았더니, 울고 있었다.

"야… 지혜야. 와! 내가 뭐 잘못했나? 아침부터 니 와이라노?"

그녀는 아무 대답 없이 어깨를 들썩이며 서럽게 울고 있었다. 오전이라 지나다니는 사람들이 없어서 다행이지…
꼭 이별식 하는 장면 같았다. 옛날 같으면 옆에서 어깨를 감싸 안아 줬을 텐데…

묘한 분위기가 연출될 것 같아 그냥 아무 말 없이 울음이 그칠 때까지 기다렸다. 나이 50 넘게 살아오면서 굴곡 없는 인생 어디 있으랴….

하찮은 들풀조차 모진 비바람 등으로부터 살아남는 역경 끝에 꽃을 피우는데 사연이 있겠다 싶어 등만 토닥여 주고 기다렸다.

조금 있으니 눈물을 훔치며

"제가 청승맞게 죄송해요."

"와… 갑자기 뭐 맺히는 게 있었나?"

"아니에요…." 하며 말끝을 흐렸다.

"이유가 있었을 거 아니가?"

"죄송해요. 나중에 얘기할게요. 갑자기 너무 좋아서 그랬어요."

"여튼 앞으로… 네 눈에 바다가 가득한 모습 보이지 마라. 약속하거라. 여자가 내 앞에서 눈물 흘리면 난 어떻게 해야 할지 몰라서 그래. 내가 나쁜 놈 같고….

맞네. 내가 나쁜 놈."

"아니에요. 왜 강열 씨가 나쁜 남자예요.

사실 좀 전에 강열 씨가 착해서 제가 울컥했는데… 눈물 보이지 않도록 노력할게요."

"헐~ 내가 어디가 어떻게 착하노?"

"모두 다 그냥 강열 씨는 상냥하고 착해요. 내가 복이 없었나 봐요. 강열 씨랑 결혼까지 골인 못 한 거 보면요."

"또 그놈의 결혼 이야기야? 너 저번에 물었지? 어떻게 너의 아버지의 손을 매정하게 뿌리칠 수 있었냐고?"

"예…." 하며 다소곳이 대답하였다.

"내가 너랑 헤어지려고 마음을 굳혔을 때쯤 너희 아버지가 날 찾아와서 전세 얻을 돈은 있느냐? 뭘 해서 우리 딸 지혜를 먹여 살릴 것이냐? 미래의 청사진을 보여라 등 많은 것을 물어보셨다.

3학년 복학을 앞둔 나에게 결혼에 대한 준비가 되어 있을 리 만무하잖아. 사실 아버지가 돌아가시면서 어느 정도 유산을 물려준 것이 있긴 하였지만, 무턱대고 결혼 준비 물어보는데 상당히 기분이 언짢았어.

솔직히 기분이 나빠 삐딱선을 탔어."

조금 뜸을 들인 후.

"이미 너나 나나 서로에게 마음이 떠났다고 생각하고 있었기에, 너희 아버지께 내가 고분고분할 수 없었다.

너희 아버지는 너랑 나랑 붙어서 결혼시키려고 했었는데…

이미 내 마음이 돌아선 상태라 나의 당돌함에 상처 좀 받았을 것이다. 지나고 보니 너희 아버님께 버릇없는 짓을 했구나 싶다. 살아 계시면 만나서 정중히 사과드리고 싶다."

"강열 씨. 제가 마음이 떠나 있었다는 것은 오해입니다. 집에서 자꾸 결혼하라고 재촉은 하고 맞선 자리는 계속 들어오고 강열 씨는 2~3년을 더 기다려야 되겠고…. 또 강열 씨는 저랑 결혼을 하겠다는 믿음과 확신을 단 한 번도 심어 주지 않으니, 잠시 흔들린 갈등은 있었지만, 마음이 떠나 있었다는 것은 대단히 큰 오해입니다."

"그래. 우린 언제나 흔들리며 산다. 예쁜 꽃도 흔들리며 핀다고 하지 않나. 나침반을 보거라. 남쪽과 북쪽을 가리키기 위해 얼마나 흔들리는지…. 그런 이치를 모른 내 잘못이 크다."

"저 또한 강열 씨를 믿지 못함의 과실도 있습니다."

우리는 보통 정작 중요한 시간에 해야 할 말을 못 하고, 말하지 않아도 상대방이 알 거라는 착각을 하곤 한다.

"결혼 꼭 지혜 너랑 할 거다. 이런 중요한 말을 유치하다고 입을 꾹 닫고 있었다. 당연히 내 마음 알 거라 생각했었다.

분명, 서로가 끔찍이 아끼고 사랑하고 있는데도 감정을 표현하지 않아 지혜와 나처럼 사이가 틀어지는 커플들 종종 본다. 그런 믿음을 주지 못함을, 표현하지 못함을 미안해하고 후회 많이 했다."

새삼 표현을 해야 함을 뼈저리게 느꼈다. 경상도 머스마의 무뚝뚝함이 준 참사이다.

"그땐 강열 씨가 어떤 식으로든 표현해 주었어야 했어요. 시쳇말로 함께 잠을 잔 사이도 아니고 너무 오래 사귀다 보니 내가 싫증 났나 싶기도 했어요. 나에 대한 사랑이 식었구나 하는 마음이 들었어요."

"그래. 오해든 이해든 제대 후 너랑 갈등했던 그 시절 생각하기 싫다.
그리고 그때 제대하고 무능력한 대학 3학년, 복학을 준비하는 학생에게는 여자와 결혼은 너무 먼 당신이었다.
그래 너랑 인연이 안 닿으려고 그랬나 보다."

그랬었다. 군 복무로 인한 3년의 시간 공백은 컸다. 제대 후 공부를 하려 하니… 한자와 영어 단어 등은 내 머릿속에서 하얀 지우개로 지워져 있었다. 옥편이고, 영어사전을 펼칠 때마다, 줄 쳐진 걸 볼 때마다 한숨이 저절로 나왔다.
남자들은 대체적으로 군대 다녀와야 철이 든다. 나도 철이 들어 공부 같은 공부를 하려고 하니 1차원적인 생활에 익숙한 시간으로 인해, 참으로 막막했었다.

그런 시기에 지혜가 결혼 이야길 종종 끄집어내었었다.

"사실 살아오면서 '만약에'란 말을 많이 떠올려 봤어요. 만약에란 글자 뒤에는 항상 '강열 씨'가 있었어요."

"지혜야! 고마해라. 그런 건 누구나 한 번쯤은 다 생각해 본다. 어디 식당에 들어가서 막걸리나 한잔하자. 넌 운전해야 하니 한 잔만 하고…."

말하고는 먼저 일어나 걸었다.

"예." 하기에 뒤돌아보니
언제 울었나 싶을 만큼 싱그러운 웃음으로 따라오고 있었다.

일반적으로 예쁘고 도도한 여자일수록 남자의 인성, 됨됨이 보다는 현실적으로 인물이나 돈에 이끌려 갔었다.
예나 지금이나 변함없는 진실이다.
그래서 난 예쁘고 화려한 여자는 본능적으로 쳐다보지 않는다. 나에겐 언감생심이기 때문이다.

화려하지 않고 수수한 지혜와의 이별은 세속적인 사유가 아니었다.

《이른 이별》

곁에 머물던 사람이
이른 시간에 신기루처럼 떠난다는 거
평생 동안 쓸 사랑을
정말 좋아한 나머지
네 곁에 머물 동안 다 써 버렸기에

곁을 떠남은 미워서 싫어서
사랑이 따위가 식어서가 아니라
네게 나눔 해 줄 것이
가슴에 남아 있지 않기에

서툰 감정에 버겁도록 받은 사랑만큼
돌려주지 못해 그 사람이 못내 그립고
네가 힘들어하고
가슴이 놓지를 못하는 거야

좋아하거나 사랑한다면
짧은 시공간에서 받기를 재촉하기보다
주는 것에 익숙해져야
필요할 때 가슴에서 덜어 내기 쉬워

감정을 믿지 마 순간일 수 있어
네 감정보다 두 박자 정도
멀리 놓아두어야
불을 향한 부나방처럼 되지 않을 터

이 또한
상대적인 걸

27

버킷리스트

조용한 한식 식당을 찾아서 들어갔다.

반찬 가짓수가 20가지 정도 나오는 식당이었다. 막걸리부터 갖다 달라 했다.

"제가 한 잔 따를까요?"

"그래 술맛은 섬섬옥수가 따라야 제맛이지…. 허허."

"고맙습니다. 섬섬옥수로 봐 줘서."

난 운동 후에나 텃밭에서 땀을 흘린 후 낮에 마시는 시원한 막걸리를 좋아한다.

빈속에 내려가는 짜릿한 그 느낌 때문일 것이다.

"그래. 너도 한 잔 받아라."

"감사합니다. 사실 막걸리 처음입니다."

"그래? 글쿠 너! 그냥 편안하게 술 받아라. 여기가 구석기 시대도 아니고 고지식하고 철없던 20대도 아니고 편안하게 무릎 꿇지 말고 술잔 받아. 내가 너 상전도 아니고 그냥 친구 하기로 했잖아.

나 옛날 이강열 아니야. 많이 깨었다. 부끄럽게도 너랑 헤어지고 난 후 여자를 만남에 있어서 매너와 배려심 그리고 기다림도 알게 되었다."

"옛날에도 강열 씨는 저에게 아주 잘해 주셨어요. 저 평상시에도 무릎 꿇는 자세로 잘 있어요. 이 자세가 버릇이 되어서 편해서요."

"야. 하지혜. 너 그렇게 앉으면 고급 요식업 종업원 같단 말이야. 좋은 말 할 때 양반다리 자세를 취한다. 얼렁!!"

"아!! 알았어요. 그냥 이게 편안한데…."

그제서야 편안한 자세로 앉아 술잔에 입을 맞추었다.

"지혜야 너… 내가 불편하냐? 편안하냐?"

"왜요? 아주 편안한데요."

"그런데 왜 자꾸 격식을 차려. 부담스럽게!"

"아니에요. 강열 씨는 내가 함부로 대하면 안 되는 사람이잖아요?"

"왜 함부로 대하면 안 되는데?"

"저에겐 강열 씨는 20대 때부터 우상이었어요. 지금도요."

"내가 신도 아니고 우상은 다 죽은갑다."

"강열 씨같이 착하고 좋은 사람이 이 세상에 없어요. 지나고 보니 알겠
더라고요. 집에선 가장이고 아이들이 존경하는 아빠잖아요. 제 신랑도
아닌 그런 분에게 어찌 함부로 대할 수 있나요."

"야… 내가 너희 할아버지, 아버지도 아닌데 무슨 개풀 뜯어 먹는 소리
이고….
너 참 이해 불가네."

막걸리 반 잔도 안 먹었는데 그녀의 얼굴은 홍조를 띠고 있었다.

지혜는 갑자기 또 순식간에 주르륵 눈물을 흘렸다.

"아… 미안 미안. 말이 심했나? 취소할게…. 너 눈물 많은 거 옛날이나
지금이나 변함이 없다. 너 눈물 많은 거 예전부터 끼고 있는 진주 반지
때문이다. 진주가 눈물 그런 거 아니가?"

"진주 반지에 대해 대학생 때에도 강열 씨가 그렇게 말했어요. 갑자기 행복해지니 눈물이 나네요. 막걸리 조금 더 마셔도 되죠?"

"그래 그 나머진 마셔도 된다."

나의 말이 떨어지자마자 남은 반 잔을 거의 다 들이켰다. 이 여자에게 막걸리 괜히 마시게 한 거 아닌가 살짝 후회가 되었다.

"강열 씨 저 사실은 소원이 몇 개 있거든요. 뭐냐 하면 강열 씨랑 20대 때 못 해 본 거 등산하기, 여행하기, 추억의 거리 걷기, 골프 등 몇 가지가 있는데…."

"버킷리스트. 뭐 그런 것인가 보네."

"예. 맞아요. 좀 전에 강열 씨가 등산하자고 했잖아요. 강열 씨가 제 마음을 너무 잘 읽고 있는 것 같아 눈물이 났어요.
강열 씨하고 저하고 너무 잘 맞는 것 같은데 왜 우린 헤어졌을까?
나는 왜 강열 씨를 붙잡지 못했을까?
강열 씨는 왜 저를 놓아주었을까?
되돌릴 수 없는데 자꾸 이런 후회와 미련들이 쓰나미처럼 밀려왔어요. 그러니 눈물이 나올 수밖에 없잖아요."

"마! 낚시를 가 보면 본래 놓친 고기가 커 보이는 법이야. 너 나랑 10년만 살아 보면 오늘 네가 한 말 후회하게 된다. 멀리서 바라보는 호수는 아름답지만 가까이 가 봐. 얼마나 지저분한 오물투성인지….

우리의 인연은 여기까지인 거야. 이렇게 보니 애틋하지 살아 보면 다 똑같습니다요."

"저 강열 씨한테 평생 잘할 수 있었는데…."

"마!! 잘할 수 있었는데, 왜 날 찼어?"

"제가 강열 씨를 찼다고요? 좀 전에도 이야기 드렸지만 그건 절대 오해입니다.

제가 찼는데, 왜 아버지까지 나서서 강열 씨를 잡아요."

"그건 나중 일이고…. 야… 그만하자. 지금 이런 이야기 전혀 영양가 없다."

아점을 먹으면서도 이 여자는 엄마처럼 내 젓가락이 가는 반찬마다 내 앞으로 밀어 주거나 옮겨 놓는다. 이 여자는 배려가 천성이거나 습관인가 보다.

"지혜야! 나 그만 챙기고 너나 드세요. 아줌마들 탄수화물이 들어가야 일을 할 수 있잖아."

"전 사람들 만나면서 맛있는 음식 많이 먹어요. 집에선 사실 밥 잘 안 먹게 되거든요. 언제 제가 맛있는 밥 직접 지어서 한번 대접하고 싶은데….

이것도 저의 버킷리스트 중에 하나입니다."라고 말하고는

"힘들겠죠?"

"당연히 힘들지. 그리고 꼭 네가 나한테 하는 행동은 내가 내일 모레쯤 죽을 시한부 환자 대하는 것 같다."

"아… 강열 씨 어떻게 그런 생각을….

사실 우리가 살면 얼마나 살겠어요. 이미 인생의 반환점을 돌았잖아요. 제가 살아 있을 동안 어떻게든 강열 씨한테 뭘 해 드리고 싶네요. 그래야 훗날 여한 없이 눈 감고 죽을 수 있을 것 같아서 그러는 거예요. 앞으로 얼마나 자주 볼 수 있겠어요. 하루하루가 너무 소중해요.

저 울산으로 이사 올까 봐요?"

"마… 아서라."

"강열 씨는 소원 없어요? 저랑 20대 때 못 해 본 거, 해 보고픈 거 없었나요?"

"많았지. 이제 뭐 모두 부질없는 것인데…."

"그래도 하나쯤은 있었을 거잖아요. 말해 봐요."

"그래. 잠시만 기다려. 생각해 보게…."

《탁주 한 사발》

지워 버린
삭제해 버렸다고 생각한 기억들이

신트림 나듯
역겹게 올라오고 있다

꾸역꾸역 고개 드는
퍼즐들을 지우기 위해

딱, 한 잔
거나하게 들이켜 본다

도려내고 싶은
화농 같은 흔적들을

탁주 한 사발로
달래고 있다

28

옛 친구

"강열 씨, 옛날에 저랑 하고픈 게 뭐였어요? 또 현재는 뭘 제일 하고 싶나요?"

"음…. 옛날엔 말은 안 했지만 너랑 결혼하여 알콩달콩 사는 상상을 많이 하였지."

"강열 씨도 저랑 똑같은 상상을 하셨네요."

"상상한다고 돈 들지는 않으니까."

"그럼 현재는 저를 만나면 뭘 제일 하고팠어요?"

"딱 하나다."

앉은 자세에서 반쯤 엉덩이를 들며 고개를 나에게 쭉 내민다.

"뭔데요?"

"너랑 헤어지고 난 후 제일 가슴 아팠던 것이 너에게 내가 해 준 게 전혀 없었던 일이야.

네가 나에게 베풀기만 하였고 난 악어처럼 입만 아니 입보다 더 크게 벌려서는…

너에게 얻어먹고만 다닌 게 후회스러웠어.

그래서 너 만나면 진짜 잘해 주고 싶은 게 내 소원이었어. 근데 막상 자길 만나니 뜻대로 잘 안 되네."

"강열 씨. 전 잘해 준 게 별로 없었는데…."

잠시 고민을 하더니

"그랬었군요. 걱정하지 마세요. 지금도 저에게 엄청 잘해 주고 있습니다."

그녀는 오늘 나를 만나기 위해 하루의 시간을 다 비워 놓고 울산에 왔다고 한다. 온전히 아무 방해 없이 나에게만 하루 최선을 다하고 내려가겠다고 했다.

내가 여복이 많은 건가? 아니면 늦게 나타난 이 여자가 문제가 있는 건가?

나를 극진히 대하는 이 여자가 싫지는 않았다. 어떤 남자가 백 여자 싫다고 하겠는가? 사실 양심과 사회 정서상 용납이 안 되는 것이니…

서로 배려하고 신뢰하며 지켜 나가는 것일 뿐이다.

이 여자를 만나면 별 볼 일 없었던 내가 자존감이 넘치는 멋진 남자로 변신하는 느낌이 들었다. 항상 멋진 남자로 인식하게 해 준다. 주위에 이런 여원장들이 몇몇이 있다.

우린 살아가면서 참 많은 사람을 만나게 된다. 만나면 웃음이 나오게 하는 사람, 만나면 애처로워 보이는 사람, 만나면 시간이 빨리 가는 느낌의 사람 그리고 만나면 마냥 행복한 사람, 시간이 가는 게 너무나 안타깝게 만드는 사람 등.

여러 유형의 사람들 중 날 추켜세워 주는 사람 만나면 괜히 기분이 좋다. 타인을 디스하며 본인을 높이는 사람도 있다. 그런 류의 사람과는 소주 한 잔도 하기 싫고 함께하면 스트레스이다.

지혜뿐만 아니라 주위 동료들이 언제 어디서나 날 최고로 인식시켜 준다.

나이 탓이겠지만 좋은 자리에서 좋은 이야기만 해도 부족한 시간이기에 더욱 그러했다.

대학교 때부터 결혼하기까지 몇 명의 여자를 만나 보았다. 여러 여학생 중 한 명만 제외하고는 착하거나 순종적이었던 것 같다. 그리고 보면 난 여복이 많은 편이다.

마누라 말에 의하면…

나에게 "전화 오는 사람들 중 60프로가 여자"란다.

같은 동료이거나 동지들이다.

떠난 사람도, 다가온 사람도 많다. 아직도 내 곁에 머물고 있는 사람들이 너무 고맙다.

지혜 역시 곁에 있는 여자 중 한 명이 될 것이다. 의미는 남과 다르겠지만….

"지혜야! 너가 보고 싶다는 재홍이에게 전화해 볼까?"

"아… 통화되나요?"

"당연하지. 아마 수업 중이라 여기 오지는 못할 거다."

"무슨 수업인데, 오전에 수업을 하나요?"

"응. 성인들 대상이라 그래. 일단 전화해 보자."

신호가 몇 번 가지 않았는데 친구가 전화를 받았다.

"재홍아. 목소리 들어보고 누군지 맞춰 봐라!"

하면서 전화를 지혜에게 넘겨주었다.

지혜는 다 죽어 가는 소리로…

"안녕하세요. 저···." 하는데 곧바로 재홍이는 "지혜 씨." 하는 것 같았다.

그녀는 간신히 "예. 그동안 잘 지내셨어요?" 하며 또 눈물을 주르륵 흘렸다.

재홍이는 반갑다며 너스레를 떠는 것 같았고 "뭐 하고 지냈어요? 보고 싶었다. 잘 계셨느냐?" 하는 전화 소리가 가늘게 들려왔다.
그녀는 간신히 대답만 "예." 하거나 고개만 끄덕거렸다.

그녀가 전화를 나에게 넘겨줘서 받았더니···
친구가
"지혜 씨와 함께 자기 학원에 꼭 왔다 가라."고 했다.

"일단 물어보고 전화할게." 하고 끊었다.

"지혜야. 재홍이가 부산 내려가면서 자기 학원에 잠시 오래. 여기서 부산 가는 길에 있다."

한참을 생각하더니

"아닙니다. 제가 갈 자리는 아닌 것 같습니다. 목소리 들은 것만 해도 감사한 일이죠. 자꾸 그분들과 엮이면 강열 씨랑 저랑 약속한 것이 무너질 수 있어 보입니다. 앞으로 강열 씨 대학 친구들이랑은 안 만날래요.

강열 씨를 위해서라도요. 괜히 안 좋게 소문이 나서 사모님 귀에 들어가면 강열 씨만 난처해지고 우리도 앞으로 못 만날 수 있어요."

어쩌면 난 성공한 사람이다.

돈을, 명예와 권력을 많이 가졌어가 아니라 좋은 친구들이 내 곁에 많아서이다.

특히 대학교는 내 성적에 맞는 대학도 아니어서 불만이었지만, 그 대학을 선택한 것 덕분에 친구 황재홍을 비롯한 친구들을 만났다. 나에겐 행운이었다.

"그래…. 울 마누라는 걱정 말거라. 너 연하 남친은 네가 울산 왔다 갔다 하는 거 아나? 날 만나는 거 아니?"

"아니요. 아직 모릅니다. 당분간은 비밀에 부칠 것입니다. 언젠가는 이야기할 생각입니다. 강열 씨를 오해할까 봐 당분간은 말하지 않을 겁니다."

"알았다. 네가 잘 알아서 해라. 그리고 일단 재홍이를 만나기 싫다는 거제?"

"예."

"넌 알다가도 모르겠다. 엊그제에는 보고 싶다고 하더니…."

"여자들이 본래 그래요. 호호. '문턱을 넘는 그 찰나에 열두 번 마음이 바뀐다.'고 하잖아요. 저도 어면 때에는 내가 이해가 안 될 때가 있어요."

우린 한식집에서 나와 일산해수욕장을 거닐었다. 그녀는 춥다고 하면서 뛰어와 팔짱을 깊게 끼고 나의 어깨에 머리를 기대고서는 오래된 연인처럼 자연스럽게 행동했다.
시간이 흐르면서 아니면 추운 날씨 탓인지 그녀는 팔짱을 낀 채 자꾸만 가슴팍으로 파고들어 오고 있었다.

누가 보면 딱 20대 연인들처럼!!

《친구야》

나이가 든다는 것은
고풍스런 한옥처럼 기품을
더해 간다는 거

늙어 간다는 것은
지식이 농익어 지혜로 탈바꿈하는 거
낡음을 의미하는 것이 아니야

넘어지면 어때

우뚝 일어서면 되는 것을
단지 무너지지만 말어

눈부시게 너무 빛나려 하지 마
흐린 내 눈엔
여전히 빛나고 아름다워

은백색 머리카락도 유난히 멋져
지난 아름다움은 애들에게 넘겨
우리 시들어지지는 말어

29

부산 방문 요청

지혜가 울산에 왔다가 떠나고 나면, 난 이틀 정도 몸살 아닌 몸살을 앓는다. 아침에 일어날 힘도 없고 의욕이 상실된 상태라 아무것도 들리지 않고 만사가 귀찮아 누워 있고 싶다.

그냥 누워 눈 감으면 보이는 지혜와 함께했던 어제의 일을 회상하는데 누구에게도 방해받고 싶지 않았다. 좋았던 시간들을 소처럼 되새김질하며 꼼짝하지 않았다. 사람이 간사해서 같이 있을 때는 못 느꼈던 감정들이 새벽에 눈을 뜨면 후회스럽거나 안타까운 여러 감정이 불쑥불쑥 나타나기도 했다.

그녀는 '사랑한다'는 단어 외에는 청춘 남녀가 쓰는 분홍빛 언어들을 다 끄집어내는 것 같았다. 사랑이란 단어를 의식적으로 피하거나 과거의 이야기로 치부하며 간신히 버티고 있었다.

사랑이란 단어는 언제 어느 때라도 불쑥 튀어나올 수 있게 가슴팍 호주머니에 대기하고 있었다.

그녀도 마찬가지로 울산에 왔다가 부산에 내려가면 며칠간 몸살을 앓는 것 같았다. 항상 뒷날은 출근을 못 하는 것 같았고 점심시간 때쯤이면 거의 장문의 편지글을 카톡으로 보내왔었다.

"어제 고마웠었다.", "집에 잘 들어갔느냐."
"너무 행복했었다.", "실수한 거 없었느냐?"
"다음에는 더 어른스럽게 행동하겠다." 등
어제의 일을 회상하며 반성하거나 좋았던 감정들을 표현하는 글로 항상 이뤄져 있었다.

만남의 후유증인 행복감으로부터 간신히 벗어나 며칠간 일상으로 돌아와 바삐 움직이고 있었다.

지혜로부터
"언제 부산 올 기회가 없냐?"고 카톡이 날아왔다.

지혜의 친구이자 나도 아는 여자친구들이 '날 보고 싶어 한다.'며, 나만 괜찮다면 그녀의 친구들이랑 부산서 한번 보자는 취지였다.

전화로
"너희 친구들 무섭다."고 너스레를 떨었더니…
"이제 할매가 다 되어서 괜찮다."라며
내가 부산으로 꼭 와 주었으면 하는 마음이 간절해 보였다.

"알았다."고 해 버렸다.

"고맙고 감사하다."며 연신 감사의 인사를 했다.

"언제 내려가면 좋겠노?"

"언제 가능해요?"

"네가 날 잡아라. 그라고 맛있는 거 준비해 놓아라. 차 안 가지고 갈 끼다."

"강열 씨 걱정 마세요. 제가 모실 수 있는 범위 내에서 VVVIP 최고급 으로 준비할게요. 혹 뭐 꼭 드시고 싶은 거 없으세요? 일식집이 좋은가 요? 한식집이 좋은가요? 아니면 중식당?"

내가 부산 내려간다니 흥분한 모습이 역력했다.

"막걸리만 잘 준비해서 두면 된다. 나 부산 막걸리 '생탁' 좋아한다."

"진짜 막걸리 드실 거예요? 와인 안 좋아하세요? 진짜 좋은 와인 있 는데….."

"와인 안 좋아합니다. 난 막걸리면 충분합니다."

"알겠어요. 막걸리 울산서 마셔 보니까…
'싸아' 하는 게 괜찮던데요. 저도 그날 강열 씨랑 막걸리 마실게요."

"지혜야 너는 너 좋아하는 술 마셔라. 와인 좋아하면 와인 마셔도 된다."

"예…. 그건 제가 알아서 할게요."

"남포동보다는 해운대로 하면 울산서 더 가깝죠?"

"아마도."

"강열 씨가 쉽게 올 수 있는 해운대로 장소를 잡을게요. 강열 씨 고맙
고 감사해요."

"마! 뭐가 고맙고 감사하노? 너희들이 맛있는 거 사 준다고 하니 가는
것이고 사실 너 친구들도 어떻게 변했는지 궁금하다."

사실 그랬다.
그녀의 친구들 역시 20대를 6년 동안 나랑 같이했었다. 그녀 친구들 4
명과 내 친구들 4명의 미팅은 실패했다.
하지만 나랑 지혜로 인하여 우린 함께하는 경우가 종종 있었다. 나의
20대, 지혜의 20대 때의 추억을 함께 쌓아 온 이들이라, 나도 무척이나
궁금했었다.

"예…. 앞으로 내가 강열 씨한테 더 잘할게요."

"여기서 더 이상 뭘 더 잘하노? 날짜 잡히면 톡 줘."

"예…. 애들하고 연락 취한 후 오늘 안으로 연락드릴게요."

"강열 씨 고맙습니다."를 남발하는 그녀를 뒤로한 채 전화를 간신히 끊었다.

《시상》

새 한 마리가
두 다리로 창가에 오른다

아무 준비도 없이
무작정 시를 쓰던 그때처럼

마음 가는 대로 느낌 가는 대로
나는 언제나

푸드득 날갯짓할 때마다
하늘이 조금씩 열렸다

30

해운대 추억

연락이 왔다.

해운대 파라다이스 호텔 내에 있는 '사까에' 일식집에 금요일 오후 3시 정각에 방이 있는 곳으로 4명 예약했단다.

난 병원 시간과 맞추려고…

"지혜야! 오후 3시를 2시로 앞당겨 달라."라고 부탁했다.

"예. 곧바로 예약 시간을 변경해 놓겠습니다."라고 했다.

그녀의 전화를 끊고 곧바로 광안리에 있는 ○○병원에 전화를 걸었다. 예약한 날짜에 급한 사정이 있다며 병원 예약 날짜를 변경해 달라고 하였다.

병원에서 흔쾌히 예약 날짜를 옮겨 주었다.

아… 이럴 줄 알았으면 광안리 쪽으로 하자 할걸….

지나간 버스에 손 들어 봐야 이미 늦었다. 떠난 버스에 집착할 필요는 없었다.

부산 약속 잡힌 후 며칠간 기분 좋은 나날을 보냈다. 괜히 좋았다. 지혜를 만난다는 것에 왜 이렇게 설레고 행복한 두근거림이 일렁이는지? 알다가도 모를 일이다. 연애할 때 느끼는 그 감정 그대로 설레였다.

약속일이 도래하여 울산에서 광안리까지 택시를 탔다. 병원 예약한 시간이 있어 빨리 가 봐야 별 할 일도 없는데, 오늘따라 택시는 느리게 달리는 것 같았다.

병원 진료는 해운대 약속 시간보다 2시간 정도 빨리 끝났다. 평소는 환자들이 많아 몇 시간씩 지체되는데, 평소와는 다르게 예상외로 빨리 끝나 계획에 차질이 생겼다.

해운대는 광안리에서 버스를 타고 가도 20분이면 충분한 거리이다. 1시간 반 정도를 어디서든 때워야 했다. 시계는 눈치도 없이 왜 이리도 더디게 더디게만 가는지, 몇 번이나 시계를 보며 혀를 끌끌 찼다.

먼저 병원 옆 구두 수선집에 갔다. 구두를 구입하여 신은 후 처음으로 구두약을 칠하는 것 같았다. 나 같은 사람만 있으면 구두닦이 아저씨들 모두 폐업해야 한다. 반질반질하게 닦아 달라고 했다.

닦으니 광도 나고 깔끔하여 기분도 한결 좋았다. 광안리해수욕장에 가서 시간을 어느 정도 소비하고 택시를 타고 해운대로 갔다. 아직도 한 시간 가까이 남아 해운대해수욕장을 걷기로 마음먹었다. 제법 쌀쌀한 날씨에 평일임에도 불구하고, 해운대 해안가에는 사람들이 꽤 많이 붐볐다.

해수욕장 위 인도에는 80년대에만 해도 포장마차가 있었다.

그 시절 지혜랑 2000원만 있으면 기분 좋게 소주를 뽀오얀 홍합 국물과 함께 마실 수 있었다. 해운대만 오면 가는 단골 포장마차도 있었다. 주인아주머니는 유난히 우리에게만 홍합 국물을 많이 챙겨 주었다. 주인아주머니는 옆집 아줌마 같은 평범한 분위기가 아닌 지적인 분위기가 있으면서 아름다웠다. 아마 그때 나이로는 40~50줄 정도 되었을 것이다. 참 우릴 많이 예뻐해 준 기억이 난다. 80~90이 다 되었을 그 아줌마가 문득 보고 싶어졌다.

조선비치 호텔도 그대로 있었다. 호텔 커피숍에서 생음악도 즐기고 차도 마셨던 기억들이 새록새록 났다. 조선비치 호텔을 끼고 동백섬 일주도로로 데이트를 많이 한 기억도 났다. 내가 걷는 것을 좋아했는지 그녀가 함께 걷는 걸 좋아했는지 생각나지 않는다.

하지만 우린 해운대에서 참 많이도 걸었고 많은 이야길 나누었다. 사귀면서 결혼 이야기 부분 외에, 단 한 번의 다툼도 없었다는 것은 충분한 대화로 인하여 갈등의 요인을 해소하였기 때문일 것이다. 또한 두 사람의 생각의 주파수가 잘 맞았다.

바지 호주머니 깊이 손을 찔러 놓고 터벅터벅 걸으며 과거 추억에 빠져 있는데…

까르르 웃는 여자들의 목소리가 유난히 크게 들렸다. 소리 나는 데로 고개 들어 보았더니…

헉!! 그녀들의 무리였다.

여기저기서 뛰어오고 있었다.

몇십 년 만에 만난 이산가족 상봉하는 TV의 한 장면처럼…. '저 할매들 와 저라노?'

"강열 씨 일찍 왔으면 전화하죠? 우린 12시부터 여기 와 있었어요."

인사할 겨를도 없이 그녀들의 말들이 속사포처럼 쏟아져 나와 해수욕장 모래사장에 차곡차곡 쌓여 모래성이 되어 가고 있었다. 30년이란 공백 기간이 있었음에도 그녀들은 전혀 의식하지 않았고 어제까지 만나왔던 사람들처럼 거리감 없이 대해 주었다.

"강열 씨 그대로네예. 옛날 촌티도 벗었고 야윈 거는 여전하구요. 남들밥 먹을 때 뭐 했능교? 살만 찌면 영화배우 저리 가란데. 호호."

지혜 친구들의 호사스런 수다는 소나기였다. 수다에 흠뻑 젖었다.

"오랜만에 봅니다. 정임 씨, 은희 씨도 여전하네요."

"강열 씨 잘 지냈나 봐요? 고생한 얼굴이 아니네요? 요즘 지혜랑 잘되어 가나요?"

"아이 왜 그래!" 하면서 지혜가 나섰다.

"그냥 일식집에 먼저 가자. 자리 없으면 커피숍에 앉아서 이야기 나누자." 하며 지혜가 친구들을 이끌었다.

일단 길거리에서 나에 대한 품평회 아닌 품평회를 당하고 약속된 장소로 걸었다.
지혜는 스스럼없이 친구들 앞에서도 팔짱을 자연스럽게 끼었다.

뒤에서 여자친구들이
"옛날이나 지금이나 뒷모습은 똑같다."라고 말하며 깔깔거렸다.

"어쩜 하나도 둘 다 변하지 않았다."라며 칭찬인지, 의식적으로 그러는지 모르지만 나름 듣기 좋은 소리가 파도 소리에 얹혀 들려왔다.

나에게 치명적인 약점이 있다. 아마 지혜도 모를 것이다.
여자 얼굴을 기억 못 하는 안면 인식 장애가 있다. 특히 암기력 역시 남들보다 뒤떨어진다.
그래서 여자를 몇 번을 만나고도 나중에 보면, 어디서 만난 여자인지, 이름이 뭔지 기억을 못 끄집어낸다. 이런 안면 인식 장애로 인하여 학원 운영뿐만 아니라 사회생활에서 고초를 겪기도 했다. 하지만 오래 봐 왔기 때문인지 두 여인에 대해선 그렇지 않았다.

우리 둘의 만남을 그녀들이 더 좋아하고 축복하고 있었다.
회계사랑 결혼한 정임 씨는 살이 조금 쪄도 귀부인 티가 났다. 내 친구들에게 많이 까칠했었는데….

오늘은 그녀가 날 제일 반갑게 맞아 주었다. 나이가 50을 넘긴 아줌마 근성인지, 30년 세월의 벽을 순식간에 무너뜨렸다.

또 한 친구는 송도 사는 은희 씨인데 까무잡잡한 게 옛날이나 지금이나 똑같았다.

그리고 보니 외사촌 동생 혜영이와 나랑 같은 학교 무역학과 다니던 숙희만 빠졌다. 이들이 다 모였다면 옛날 그대로다.

아니다. 내 친구 희근이는 못 버티고 먼저 갔다.

나름 할매들(?)이 꾸미고 해운대로 진출하였는데, 세월을 비껴갈 수 없었지만 농익어 간 세월을 덮을 만큼 그녀들은 우아함이 있었다. 나름 특유의 부산 여자 티가 났다.

세 명의 여자에 의해 반강제로 납치되다 싶을 만큼 호텔까지 이끌려 왔다.

낮 시간이라 우리가 예약한 공간은 비어 있었다. 좌석에 앉아마자… 나에 대해 질문이 십자포화처럼 쏟아져 나왔다. 청문회가 따로 없었다.

나 이럴 줄 알았으면 부산 안 내려왔을 것인데….
허참!!

지나온 시간이 길수록
시간은 때때로 추억을 미화시킨다.

《별책부록》

사랑이란 게
어느 날 문득 다가오기도 하고
보슬비처럼 젖어 들기도 해

안타깝게도 사랑은
그리움이란 고통이 따르지

그리움도 때와 장소에 아랑곳없이
파도처럼 밀려오고 사그라지기도

사랑은 안 하면 되고
그리움은 생각하지 않으면 된다지만
마음대로 되질 않아

우연히 당신을 만난 후
설렘도 두려움도 함께 왔지

멀어져 있는 간격
덤으로 그리움도 함께 온 걸 어쩌겠어

그 모두가
당신 덕분인걸
그저 행복인걸

31

해운대 만남

"어떻게 그렇게 연락이 서로 안 되었죠?

그리고 진짜 무관심했다. 강열 씨! 애는 강열 씨를 못 잊어서 연락해 오기를 얼마나 학수고대하며 기다렸는지 모르시죠?"

지혜는 친구들의 속사포 집중 포격을 제지를 하지 않고 있었다. 단지 제지하는 척하는 액션만 취하고, 자기 마음을 친구들이 전해 주길 바라고 있는 것 같았다. 아니 은연 부추기고 있는 것 같았다.

그녀 친구들의 공세가 시작되었다. 이해 못 할 바는 아니지만 이런 걸 기대하고 내려온 것은 아니었다.

"오래전부터 징검다리 역할을 해 온 외사촌 여동생 혜영이가 연락을 끊고 사니… 나도 어떻게 할 도리가 없었어요. 그리고 부산 친구들로부터 오래전에 아주 가끔 '어디서 이 친구를 보았다.'라는 등등의 소식은 가끔 듣고 있었어요."

이게 뭐지 하는 생각에 뜸을 들인 후

"죄인 취조하듯 이런 식으로 계속 몰아치면 나 울산으로 다시 돌아갑니다." 하고 엄포를 놓았다.

하지만 고삐 풀린 망아지처럼 내 말은 아랑곳하지 않고 전혀 제지가 되지 않았다. 나중엔 태연스럽게 앞으로 둘이 어떤 계획을 하고 있는지도 물었다. 그녀들은 이미 우리 두 사람을 연인으로 기정사실화하여 소설(?)을 쓰고 있었다.

안 되겠다 싶어 실제로 자리에서 일어나 옷걸이에 걸쳐 둔 윗옷을 드니까. 지혜가 쏜살같이 일어나 날 붙잡는다. 나의 행동에 놀라긴 친구들도 마찬가지. 모두 어쩔 줄 몰라 했다.
지혜의 눈가엔 이미 이슬이 가득 고여 당장이라도 눈물이 뚝뚝 떨어질 것 같아 보였다.

"그냥 해 본 거야." 하고 농을 던지며 자리에 다시 앉았다.
지혜 친구들도
"강열 씨 진짜 놀랬다 아입니까." 하며 또 수다가 시작되었다.

막걸리와 맥주, 소주 등 각자 취향대로 몇 순배 돌았다. 나도 긴장이 제법 풀려서 좌중을 압도하며 분위기를 이끌어 가고 있었다. 지혜는 매우 흡족한 표정으로 내가 좋아하는 안주 갖다 나르기에 여념이 없었다.
"열녀 났다."고 친구들이 놀려도 괘념치 않고 내 곁에서 기꺼이 수발을 들며 시녀 노릇을 자처하고 있었다.

"술은 입으로 들어오지만, 사랑은 눈으로 들어온다."고 했다. 술잔에 술이 차오르듯 가슴에도 점점 뜨거운 그 무엇이 벅차게 차오르고 있었다. 낯설지 않은 감정들이었다. 고개 숙인 감정들이 불쑥불쑥 고개를 내밀고 있었다.

보수동 사는 정임 씨가 물었다.

"강열 씨 지금까지 어떻게 살았어요?"

"밥 묵고 숨 부지런히 쉬니 살던데요."

"진짜로 애는 몇이고 사모님은 뭐하는 사람인교?"

"호구 조사하러 나왔어요?"

송도에 사는 은희 씨는

"강열 씨 많이 능글능글해졌는 거 알아요?"

"아니죠. 유들유들해진 거죠. 허허."

모두 못 당하겠다는 표정으로 손사래를 치며,

"옛날 강열 씨 아니다."라며 혀를 끌끌 찼다.

"세월이 멀쩡한 사람 다 버려 놓았다."고 자기들끼리 "안타깝다."라고
하며 재미있어 하고 있었다.

확실히 분위기를 내가 잡고 이끌어 가고 있었다. 알코올 덕분으로 분
위기는 적당히 무르익어 가고, 여전히 그녀는 무릎을 꿇고 내 곁에서 막
걸리를 따라 주고 있었다. 또한 안주 챙겨 주기에 여념이 없었다. 무릎
꿇었다고 눈치를 주면 그땐 편안히 앉다가, 어느새 내 옆에 무릎을 꿇고
있었다. 또한 여자친구 둘도 술이 과했는지, 우리는 신경도 안 쓰고 자기
네들 둘이서 흐느적거리며 웃고 수다 떠느라 마주한 우리에겐 아랑곳하
지 않았다.

송도 사는 은희 씨가

"강열 씨 보니까 옛날 생각나네요. 철부지인 20대 때 참 많이도 싸 돌
아다녔죠. 김해에 지혜 오빠가 유치원 한 거 기억나는교?"

"아… 예. 과수원 가운데에 있었던 유치원 기억납니다."

"낙동강 하굿둑에 소풍 간 거 기억나죠?"

"허허, 참."

"김밥에다 과일을 바구니 담아 봄에 갔었는데….
가만히 생각해 보니까 우리가 눈치가 없었던 것 같아요."

"왜요?"

"단둘이 가는데, 눈치도 없이 우린 그냥 따라다녔으니 말입니다."

"눈치뿐만 아니라 코치도 없었죠. 하하.
농담이고요. 순수하고 착했던 것이지요."

"우리 땜시 하고픈 뽀뽀도 못 했지요?"

"그래서인지 지혜랑 손잡고 뽀뽀까지 가는 데 시일이 많이 걸렸는가
보네요?"

"에이! 그렇다고 우리 핑계를…. 강열 씨가 숙맥이라 늦고서는. 호호."

"지혜가요. 결혼 전까지 손잡는 거 외에는 절대 안 된다고 했어요."

"호호! 그 말을 믿은 건교? 숙맥 맞네요. 강열 씨 우째 아를 낳았는교?"

"내가 낳는가요, 마누라가 낳지요."

조용히 듣고 있던 정임 씨가
"가만히 보니 강열 씨가 우릴 데리고 놀고 있어. 은희야 고마해라."

"아닌데요. 있는 그대로 이야기한 건데….."

그녀들과 우리 두 사람이 공유하고 있는 빛바랜 추억들을 끄집어낸 덕분에 헤픈 웃음과 함께 모두가 20대로 돌아가고 있었다.

정임 씨가 갑작스럽게

"야! 지하에 노래방이 있더라. 우리 가자. 오랜만에 강열 씨도 만났는데… 내가 살게."

노래는
사랑을 표현하는 작은 도구이다.

《막걸리 병》

흥건히 적시는 땀방울

뜨거움을 삭히고 붉은 노을을 부른다

이슬 맺힌 그득한 그대
식탁 한편에 우뚝 지친 하루를 위로한다

유혹하는 탁한 우윳빛 손길
허기진 배를 노크하고 가난한 가슴에 뜨거움을 채운다

먼저 간 친구를 위해 한 잔
떠나보낸 첫사랑에 한 잔
사는 게 뭔지 몰라 한 잔을 기울인다

뜨겁게 달구웠던 하루
얼큰한 너에게 기대어 쉰내 나는 인생을 논하고 있다

바람에 그대가 흔들린다
아니 인생이 흔들린다

32

노래방 입성

허 거참. 내가 제일 싫어하는 곳이 노래방인데….

"마! 그러지 말고 생맥주나 한 잔 더하러 갑시다."

"아닙니다. 노래방 가서 생맥주 시켜 먹으면 됩니다. 가입시다. 강열 씨~."

지혜는 옆에서 웃음만 머금고 있을 뿐 특별한 리액션은 없었다.

"아직 저녁도 아닌데 이 시간에 뭐 벌써 노래방인교? 그러면 여기서 한 잔 더 하고 나중에 분위기 봐 가면서 결정하면 안 될까요?"

"노래 부르는데 낮이면 어떻고 밤이면 어떤는교? 노래방은 낮에 들어 가도 깜깜해요. 마… 그냥 후딱 일어서서 내려가입시더."

천연덕스럽게 말하며 재촉했다.

옆에 있던 은희 여자친구가 나의 손을 잡고 일어나라고 이끈다. 지혜
는 나의 취향을 알기에 가만히 있는 건지, 아니면 묵시적 동의를 한 건지
알 수 없었다. 이들이 무슨 속셈으로 계획하고 온 거 아닌가 의구심이 살
짝 들었다. 그렇다고 할매 셋이 날 죽이기까지 하겠나?

"알았심더…. 그 대신 나한테 절대 노래시키지 않겠다고 약속해 주면
당장 따라가겠습니다."

"와! 강열 씨 화끈해서 좋다. 알았심더. 약속 지킬게요."

곁눈질로 그녀를 흘깃 보니 환한 미소를 지으며 좋아하는 표정이 역력
했다. 아마 친구들이 날 어떤 식으로든 붙잡아 놓을 심산인 모양이었다.
벌써 잊었나? 내가 술고래라는 것을. 허허.

노래방에 입소하였다.
짙은 화장에 빨간 립스틱을 바른 여사장이 나를 흘깃흘깃 위 아래로
훑어본다.

'바짝 마른 이 인간이 누군데 꽃띠 할매 3명이나 데리고 놀지? 빈티 나
고 바람 불면 날아 갈 것은 중늙은이 같은데….
돈은 많아 보이지는 않고 매너가 좋나?
참 오래 살고 볼일이네….'

분명 여사장은 속으로 생각했을 것이다.

난 여사장에게 생맥주를 먼저 달라 했다.

여사장 왈

"노래방에서 생맥주 파는 데는 부산에는 없심더. 시원한 병맥주로 하면 안 되겠는교?"

여자친구들이 이구동성으로
"예. 됩니다." 하며 사장을 밀어내며 룸 문을 닫기에 바빴다.

이들은 술도 안 들어왔는데 노래책부터 뒤적거렸다. 이미 노래를 입력하고 있을 뿐만 아니라 자기들끼리 번호를 불러 주며 눈으로 사인을 주고받으며, 뭔지 모르지만 손발이 척척 맞아 가는 분위기였다.

여사장이 쭉쭉빵빵 아가씨를 대동하여 들어와서는 정갈하면서도 고급스런 안주를 테이블 위에 쫙 깔았다.
술과 안주보다 빵빵한 젊은 아가씨에게 나도 모르게 눈길이 갔다. 나도 아직은 남자의 본성을 잃지 않았나 보다. 애써 외면하는 척하면서 그녀들이 눈치 못 채게 살짝살짝 흘겨보았다.

"강열 씨!!" 하고 큰 소리로 부른다.

"어떻게 미인 세 사람을 앞에 두고 어디 쳐다보는교?"

"무슨 말인교? 아닌데요."

급히 시침을 뚝 뗐다.

"뭐가 아니라, 입가에 침이나 닦고 이야기하소. 참 남자들이란 어쩔 수 없는 모양이다. 우리 신랑도 똑같을 거 아니가?"

"참 괜한 엉뚱한 사람 잡고 와 이러는교?"

아무 짓도 안 한 것처럼 태연하게 말했다. 사실, 머리는 쳐다보면 안 된다 하는데 눈은 아직도 아름다운 젊은 미모에 머뭇거리고 있었다.

"강열 씨 농담입니다. 그리고 많이 보세요. 우리 나이가 몇인교? 우린 이해합니다."

"참나…"

빨리 분위기를 반전시켜야 할 것 같았다.

"어… 양주도 시켰어요?"

"강열 씨 막걸리 드시고 배부를 것 같아서 시켰어요."

"오늘 누가 죽어도 한 사람은 죽겠는데요."

"누가 죽긴 죽어요? 강열 씨이죠." 하며 깔깔거리며 웃는다.

각본에 의해 짜여진 느낌이 들었다.
이 정도의 안주를 마련하려면 주방장이 몇 명이 붙어야 이렇게 빨리 나올 수 있겠나를 역산해 보니 필시 먼저 예약을 한 것 같았다.

이미 잘 짜여진 각본에 의해
내가 꼭두각시가 될 차례였다.

《잔을 높이 들다》

우중충한 날씨처럼
우울한 내 가슴에 잔을 든다

떠나간 그 사람
붙잡고 있는 미련에 잔을 든다

뜨거웠던 그 순간

허물고 떠난 이별에 잔을 든다

잡을 용기도 없는
아픈 사랑에 잔을 든다

비정한 기다림에
목을 길게 뺀 그리움에 잔을 든다

아무것도 지우지 못한
어리석음에 잔을 높이 든다

33

노래방에서

나의 눈길을 끄는 미모의 아가씨는 테이블 위를 세팅하면서 일부러 허리를 깊이 숙여 가며 가슴을 가리는 시늉도 하지 않았다. 천연덕스럽게 가슴 쪽을 드러내며 보여 주고 있었다.

꽃띠 할매들 앞에 젊음을 시위나 하듯….

아니면 나를 유혹이나 하려는 듯….

살짝 훔쳐보아도 옆에 꽃띠 할매들보다는 피부의 탄력성을 비롯하여 미모도 출중하였다. (화장 아니 변장이겠지만)

이 꽃띠 할매들 나가라 하고, 저 아가씨랑 놀고 싶은 유혹이 살짝 들었다.

내가 어디 도망도 안 가는데 그녀는 한결같이 팔짱을 낀 채, 내 눈이 어딜 향하는지 의식도 하지 않은 채, 내 옆얼굴만 뚫어지게 응시하고 있었다. 꼼짝도 하지 않고 내 곁에서 호위무사를 자처하고 있었다.

무슨 술을 드시고 싶냐고 물어보기에

"말아라." 하였다.

지혜가 팔짱을 풀더니 곧바로 폭탄주 제조에 돌입하였다. 맥주를 부으니 거품과 함께 잔이 채워지고 있었다.

맥주잔에 술이 채워지는데… 내 가슴에는 지혜가 차츰차츰 채워지고 있었다. 지혜는 이젠 내 가슴 안까지 밀고 들어와 집을 짓고 있었다. 술기운이겠지만 무척 당황스러웠다.

내 마음을 아는지 모르는지 지혜는 폭탄주 제조에 여념이 없었다. 다른 친구들 잔도 마찬가지로….

각자 앞으로 술을 준 후, 내 앞에 있는 맥주잔을 그녀가 들고 가더니 냅킨을 덮고 돌렸다.

헉! 회오리주다. 이 여자 무섭다.

어느 모습이 진실 된 모습일까? 가녀린 옛날 지혜는 보이지 않고, 차가운 커리어 우먼의 모습이 보였다.

이 여자 헷갈린다.

요조숙녀까지야 아니겠지만, 세상 때 묻지 않은 순수한 여인네로 보였던 것은 가식적인 행동 때문이었던 건가? 이 여자도 세월의 때를 비껴갈 수 없었나 보다. 내가 지혜를 바라봄은 솔직히 옛 감정에 빠져 객관적으로 보지 못하고, 편협한 시각 아니면 선입견으로 보고 있었을 수도 있다.

"강열 씨~ 강열 씨를 위한 제 마음까지 넣어 흔들었어요. 호호."

"너 많이 해 본 솜씨이다?"

"서당 개 삼 년이면 풍월을 읊는다.'고 하잖아요. 저도 워낙 이런 자리에 갈 기회가 많다 보니 한번 해 본 거예요.

그런데 되네요. 호호."

"한두 번 해 본 솜씨는 아닌데요. 여튼 너 정성을 감사히 받을게. 지혜도, 친구분들도 같이 한 잔 해요."

친구들뿐만 아니라 지혜까지 모두 원샷을 한다. 무섭다.

그런 후 그들은 날 쳐다보며 이구동성으로 "원샷!!"을 외치며 한 번에 다 마시라고 했다. 전작에 막걸리를 마셔서 배가 이미 부른데 원샷을 하라니….

차라리 양주만 스트레이트(straight)로, 요사인 스트레이트란 말보다 니트(neat) 표현이 알맞다 하던데. 여튼 스트레이트로 마실 걸 후회스러웠다.

분위기상 어쩔 수 없이 원샷을 했다. 손뼉을 치고 과한 액션들을 취한다.

송도 사는 은희 씨가 노래를 시작했다. 그러고 보니 이 친구 노래하는 모습을 본 적이 없다. 우리가 사귈 때는 노래방이 없었다. 대학 졸업 후 1~2년 후 부산 중앙동 고급 술집에 가면 〈돌아와요 부산항에〉 노래 가사가 일어로 나오는 가라오케가 있었다.

저네 둘이서 재미있어 하며 신나게 노래했다. 노래 박자에 맞춰 탬버린을 요란하게 흔들며 제법 잘 놀고 있었다. 술이 주는 용기인지, 만용인지, 아마도 취기겠지.

술을 잘 마시고 있는데 그녀들이 우릴 일으켜 세웠다. 나랑 그녀랑 둘이 블루스 춤을 추라는 시늉을 했다.

난 춤을 못 춘다고 하니… 그녀가 귓속말로
"옛날처럼 안고만 있으면 된다."고 한다.

옛날처럼? 옛날에 이 친구와 나이트클럽에 간 적이 있었나? 콜라텍에 갔었나? 기억이 잘 나지 않는다.

시간은 많은 것을 추억하게 하고 또 많은 것을 용서하고 잊게 하기도 한다.

《술의 진실》

술 한 병으로 나누는 술은
친구의 맑은 웃음만 끌어낼 뿐
진실을 끄집어내기엔 역부족
첫 잔이 힘들지 걱정 마라

그래도 두 병 정도 걸쳐야

허튼 용기로 으스대고
잊혀져 간 그리움을 불러내고
옛 역사가 슬금슬금 기어 나온다

쪼그라든 가슴을 툭툭
호기로운 기세로 2차를 부르짖고
얇은 지갑 대신 카드를 든 채
꼬일 대로 꼬인 혀가 춤을 춘다

뱀처럼 혀를 날름거리며
조금 부족한 듯 더 마시는 세 병째쯤 되면
장독대에서 갓 들고 온 신 내 나는 김치처럼
묵혀 두었던 진실과 비밀을 마주하게 된다

다행히도 마주한 사람도
진실과 비밀을 마주함에
비틀대는 의식이 붙잡지 못하고
길을 잊은 채 잠시 머물다 떠나보내고 만다

술이 요술을 부리는 네 병 정도가 되면
사막에서 만난 오아시스의 청량감처럼
술이 너와 나를 삼키고
수치심과 부끄러움조차 들이켜고 만다

꿈틀거리는 부끄럽지 않은 자신감
전봇대에 달려들어 다리를 들게 하고
아스팔트가 일어나 키스를 퍼부어도
오늘 하루 나를 자유롭게 하느니 좋지 않은가

34

다가오는 그녀

지혜는 나의 가슴팍에 파묻혀 음악에 몸을 맡기고 있었다. 난 엉거주춤 그녀를 안고 뱅뱅 돌고만 있을 뿐, 춤을 모르기에 안고 서 있다는 게 정확한 표현이었다.

육십 평생 가까이 살아오면서 난 특별히 남들보다 잘하는 게 하나도 없다. 노래도, 춤도 뭐 하나 똑바로 잘하는 게 없다. 이런 때를 위해 사교춤이라도 좀 배워 둘걸. 쯧쯧.

지혜와 블루스를 추는 데에는 특별한 테크닉이 필요치 않았다. 아마도 지혜 친구들이 노린 것이, 그녀를 내 작은 가슴팍에 안겨 있게 하는 게 목적인 것 같았다. 지혜는 작은 소망을 친구들에게 어떤 식으로든 어필하였을 것이다.

지혜 친구들은 사전에 입력해 둔 블루스 곡에 맞춰 거의 메들리 수준으로 노래만 줄기차게 불렀다. 노래 못 불러 한 맺힌 사람들처럼….

노래를 부르면서 힐끗힐끗 우릴 쳐다볼 뿐 특별한 행동은 없었다. 그녀가 너무 밀착하여 그녀의 온기가 내 가슴에 전해져 왔다. 코끝에 스치는 머릿결에서 아카시아 꽃향기가 났다.

지혜는 날 처음 만날 시기인 대학생 때에도 아카시아 꽃향기 나는 샴푸를 애용했었다.

지혜와 헤어진 20여 년 전후까지…

봄이면 피는 아카시아 꽃만 봐도, 향기만 코끝에 스쳐도 나는 광적으로 어쩔 줄 몰라 하며 방황하였다. 무작정 차를 몰고 목적지 없이, 끝이 없는 도로를 무한으로 달리고 팠다.

아카시아 꽃만 보면 너무나 많이 아파하였다. 이유가 뭐였을까? 아카시아 꽃향기가 날릴 즈음이면 내가 나 자신을 통제할 수 없었다. 이 또한 세월이 약이었다.

지혜의 머릿결에서 나는 아카시아 꽃향기가 잊었던 통증을 다시 불러왔다.

춤을 추면서, 아니 안겨 있으면서 간간이 고개를 들어 나를 쳐다보곤 다시 가슴에 파묻히길 반복했다. 아마도 이게 꿈인지, 생시인지 아니면 꿈만 같아서 내가 맞는지 확인하는 것 같았다.

지혜가 안겨 있는 상태에서 고개를 들어 나를 쳐다볼 때는 그녀의 입술과 나의 입술이 너무 가까웠다. 나도 모르게 지혜의 입술에 내 입술로 살짝 겹치고픈 본능적 충동이 일었다. 이는 이성적인 키스가 아니라, 순수한 감정에서 어린 아이에게 해 주는 키스 같은 욕구였다.

하지만 에로스와 아가페는 얇은 종이 한 장 차이이다. 그러기에 자칫 잘못하면 오해를 부를 수 있다.

그럴 순 없었다.

한순간의 감정에 매몰되면 분명코 내일이면 후회할 것이 명약관화한 사실이기에 눈을 돌렸다. 지혜의 가슴과 나의 가슴에서 두근두근거림이 서로 느껴질 정도였다. 갓난아기는 엄마의 심장 소리를 듣고 자란다고 했는데 충분히 이해가 되었다. 정확히 표현하면 증기 기관차가 지나가는 것 같았다.

내가 지혜의 귀에다 대고 말했다.

"덥다. 술 먹자."

듣고도 못 들은 체했다. 노래 소리 때문에 못 들었을 수도 있겠다.
다시 말했다.

"지혜야! 한 잔 하고 쉬었다가 추면 안 될까?"

그러니 쑥스러워하면서 서서히 몸을 곧추세웠다. 아마도 긴 시간 동안 이렇게 안겨 있고 싶었던 모양이다.

시키지도 않았는데 친구분들은 부르던 노래를 멈추고 자기들 자리에 모두 앉았다. 그녀들도 더웠던 모양이다. 윗옷을 벗어 옷걸이에 걸며 한 잔 하고 신나게 놀자고 한다. 짧은 인생 얼렁뚱땅하다가 다 가 버린다고. 오늘 하루만이라도 후회 없이 최선을 다해 즐기자고 했다.

그녀들이 말하는 '후회 없이'란 나의 무너짐을 뜻하는 것으로 들려왔다.

"강열 씨. 지혜가 강열 씨 아직도 많이 좋아합니다. 느끼고 있지요?"

"아뇨? 전혀 못 느끼고요. 우리 그런 사이 아닙니다."

"그라모 무슨 사이인교?"

"다 같이 늙어 가면서 옛 친구이자 편안한 옛 여친이지요."

"에라이!! 말 돌리지 마소. 남녀 간에 친구가 무슨 말이고? 친구가 말라 죽었던가 보다. 다 그러다가 서로 썸 타는 기고 저절로 연인이 되는 기지…."

"나 가정 있는 남자 아닌교."

"누가 뭐라 하는교? 누가 이혼하라 하던교?"

"강열 씨 진짜 눈치 없네. 알면서 모른 척하는 거 맞지요? 방석을 깔아 줘도 모르는교?"

"정임 씨 알겠습니다. 나 그렇게 고리타분한 사람 아닙니다. 우린 잘 놀고 있습니다. 단지 지금은 술이 고픈 것뿐입니다."

나누는 대화를 듣고 있던 지혜가 조금 남아 있던 술을 버리고 차가운 맥주를 새로 따라 주었다.

그녀가 내 귀에다 대고 속삭였다.

"강열 씨. 친구들 말 그냥 흘러들으면 돼요."

"그래. 알았다. 그리고 고맙다. 옛 추억을 끄집어 내어주어서. 그래 우리 둘이 러브 샷으로 한 잔 할까?"

"그럴까예."

우린 첫 러브 샷을 시작점으로 심심하면 러브 샷을 하였고, 친구들은 심심하면 "뽀뽀해."를 외쳤다.

술은 사랑의 묘약이기도 하지만
사람을 패망으로 인도하기도 한다.

《술 한 잔》

한 잔 술에

네가 어렴풋이 보여

또렷이 보려
한 잔을 더 들이켰더니

웬걸
그리움만 울컥하네

《아카시아 꽃향기》

낯선 처자 뒷머리에서
때로는 너를 느껴
바빠 눈 주지 않으면
향기로 나를 붙잡고

하얀 속살이 주렁주렁
난봉꾼 기질 끌어내고
너랑 무슨 인연 있기에
잊혀진 그녀가 떠오를까

고맙다
아련한 추억을 떠올려 줘서

청춘도 가고 열정도 갔지만
오직 하나 소망이 있다면

너를 가슴에 묻어 두고 싶어

35
해운대 밤바다

노래방에서 제법 오랫동안 머물렀던가 보다. 노래방을 나오니 이미 늙은 땅거미가 해운대 백사장을 점령해 오고 있었다. 해운대 바닷바람이 으스스 추웠다.

그녀는 더욱 밀착해 왔다. 모두 해운대 백사장에 내려가 걷자고 했다. 술이 주는 만용이다.

아직은 겨울인데….

그녀는 사람이 많지 않는 겨울 바다를 옛날부터 좋아했다. 특히 겨울 바다의 물안개를 특히 좋아했다. 겨울이면 시간이 날 때마다 함께 해운대 해수욕장에 자주 왔었다.

두 여자친구는 쏜살같이 백사장으로 내려갔고, 우린 인도로 걷기로 했다. 추워서인지 그녀는 더욱 나에게 밀착해 왔다.

"강열 씨 우리 옛날에 여기 자주 왔었죠? 항상 가는 단골 포장마차도 있었고요."

"그렇지 않아도 낮에 너희들 만나기 전에 포장마차 아줌마 생각을 했었다. 이젠 만나도 우릴 몰라볼 거다. 아마 그 아줌마 우리 결혼한 줄 알겠지?"

"강열 씨랑 나랑 결혼한 줄 아는 사람 많아요. 나한테 강열 씨 안부 묻는 사람 종종 있어요."

"그땐 뭐라고 말하노?"

"솔직히 말해요."

"뭐라고?"

"강열 씨가 날 버리고 멋진 여자 만나 떠난 지 오래라고. 호호호."

"야! 너!!"

"농담입니다. 그냥 '우리 결혼까지 가지 못했습니다.' 하고 말해 줍니다."

"내 결혼식 때 오랜만에 온 친구들은 신부가 너인 줄 알고 왔다가 네가 아니라서, 옆 친구들에게 어찌된 영문인지 묻고 했다고 하더라."

"너 울 아버지 장례식 때 왔었지?"

"예…."

지혜가 대답을 하고는 침울한 표정을 짓는다.

"아버지도 너랑 나랑 당연히 결혼할 것이라 생각하고 돌아가셨다. 아버지는 어머니와는 다르게 너를 따뜻하게 대해 준 적이 별로 없다고, 돌아가시기 전에 큰형한테 '둘이 결혼할 것 같으니, 강열 여자친구에게 잘 대해 주고 둘이 결혼할 때 부족함이 없도록 해 주라.'라고 유언을 남기셨다."

돌아가신 아버지 생각이 문득 났다.

"그러고 보니 군대 면회 올 때 아프신 아버지를 너가 모시고 왔었지?"

"예…. 제가 부산서 새벽에 출발하여 강열 씨 고향까지 가서 택시를 대절하여 고성 하이면 덕명까지 갔었죠….
그때 비가 온 후라 도로가 질퍽하여 택시가 부대 가까이 갈 수 없었습니다. 편찮으신 아버님이 많이 힘들어하셨습니다."

"그래….
그때 아버지만 몰랐는데 사실 폐암 4기였다. 실핏줄이 확연히 드러난 몸으로 나에게 면회 오신 거 아직도 기억이 생생하다. 그때 너 고생 많았다. 이제서야 네게 고마움을 표현하네…."

"아닙니다. 그때 아버님이 절 많이 애틋해하시며 손도 꼭 잡아 주셨어요. 저에게 고맙다는 말도 해 주셨어요. 강열 씨 아버님도 겉으로는 차갑게 보였지만 잔정이 많은 분으로 느꼈습니다. 아마 강열 씨도 돌아가신 아버님을 많이 닮은 것 같아요."

"응…. 맞어. 아버질 닮아 내가 눈물이 많다."

나이가 들고서는 조금만 슬픈 장면을 보면 눈물이 자꾸 날려고 한다. 책이나 연속극을 보면서도 코가 시큰거린다.

나는 애써 말문을 돌렸다.

"포장마차 지붕이 붉은색 천막이었지. 밤이면 붉은빛으로 줄지어 있을 때 운치 있고 좋았는데…. 나 같은 서민들이 쉽게 접근할 수 있어서…."

"저도 강열 씨랑 똑같이 생각해요. 분위기 있고 호호하며 추워서 또는 좁아서 서로 가까이 꼭 붙어 앉거나, 붙어 다니니까 없는 정도 생기고 했었는데…."

"어! 없는 정도 생기고…?"

"아니 아니, 강열 씨랑 저 얘기가 아니라…."

"알았어. 농담이야.

여튼 우리는 남포동에서 여기까지 무슨 청승으로 왔었는지…. 지금처럼 지하철도 없었는데 버스를 타고 2시간 넘게 왔을 것인데…. 문현동으로 오면 좀 단축되었겠다."

"두 시간 남짓 동안 타는 버스도 그땐 지겹지 않았었죠. 강열 씨가 항상 곁에 있었으니까요."

"그땐 서로 눈에 찌짐이 붙어 있었으이…. 허허허."

"아직도 제 눈에는 찌짐이 그대로인데요."

"마…. 됐다. 징그럽고로 와 그라노?"

"호호, 진짜로 강열 씨는 옛날보다 더 멋져 보입니다. 진짜로 차가우면서… 지적인. 아! 도회적 남자의 향기가 풍겨 나옵니다. 자존감도 높고요. 어느 자리에서나 빛이 나는 사람입니다."

"아부가 좀 심하다."

"처음 미팅 때 멀리서 강열 씨를 볼 때 친구분들은 보이지도 않고, 강열 씨만 보였어요. 후광이 장난이 아니었어요.

커피숍에 처음 들어올 때부터 강열 씨 주위에 밝고 은은한 빛이 보였어요."

"완전 뿅 갔었구먼…. 농담이겠지만. 허허."

"아니에요. 미팅 나온 우리 친구들 모두 그랬어요."

"듣긴 좋은데… 낙하산 착용시킨 후 추락시켜라."

"주위에서 그렇게들 말하지 않나요?"

"뭐라고?"

"지적이고 차가운 남자!"

"술집 마담들만 그렇게 말하더라."

"그 술집 마담들 남자 볼 줄 아네요."

"마. 그건 내 호주머니에 든 돈 뺏어 내려고 하는 소리이지."

"잘은 몰라도 강열 씨를 보면서 마담들도 느낌이 왔을 거예요."

"그래, 고맙다. 좋게 봐 줘서. 나… 이제 울산 올라가야 할 시간이다.

늦게 들어가면 혼난다."

"강열 씨~."

《밤을 잡다》

태양도 지쳤는지 충혈된 눈으로
서산 너머 기웃거리고
태양도 시간은 멈추지 못하고는
피하지 않고 떠나간다

붉은 저녁노을은
태양의 빛이 바다 위에 부서져
눈물인 양 붉게 물들어 가고

저녁노을은 나의 그림자조차
슬금슬금 잡아먹더니
땅거미란 검은 짐승에 잡아먹힌다

그렇게 밤은 무서운 포식자 되어
골목골목 길을 점령군처럼
휘저으며 담장에 스며들고

어느덧 청마루 끝자락에
우뚝 선 검은 점령군으로 인해
이내 버티지 못하고 방을 내어준다

형광등 불빛으로 저항을 해 보지만
눈꺼풀을 점령한 밤은

우리에게 마술에 걸어
공포와 두려움 또 안식과 잠을 선물한다

우리를 점령한 밤은
눈 감으면 사라지고 만다

갈등

———

36

울 마누라

"강열 씨!"

"응?"

"강열 씨, 옛날 저 처음 만날 때엔 마마보이로 보였어요. 항상 말끝마다 '울 엄마 울 엄마'였어요. 처음엔 다 큰 남자가 아기 같아서 이상했는데, 그냥 습관적이더라고요."

"그랬나?"

"근데 요사인 말끝마다 '울 마누라 울 마누라'로 바뀌었네요. 노래하는 명칭만 바뀌었을 뿐 하나도 변함이 없어요."

"허허!"

"그렇다고 강열 씨가 의타적인 사람도 아니고 아주 강한 자존감을 가진 사람인데도 그러는 거는 습관적인 후렴구이거나 시조에서 사실감을 더해 주기 위한 것 같아요."

"아. 글나? 조심해야겠다. 여자친구 곁에 두고 울 마누라를 노래 부르면 듣는 사람 얼마나 기분 나쁠까?"

"아… 저는 그렇지는 않아요. 전 옛날부터 알고 있었기에….."

그때 시끄럽게 다가오는 두 친구들이 자기들 왕따시켰다고 불만들을 쏟아내고 있었다. 우린 그냥 웃기만 했다.

은희 씨가

"춥다고 따뜻한 커피 마시러 커피숍에 들어가자."라고 했다.

지혜는 나의 눈치를 살폈다. 괜찮다는 제스처를 하니 지혜도 동의를 하였다. 모두 의견 일치를 보았다.

역시 실내는 따뜻했다. 따뜻한 커피를 마시면서도 수다는 계속되었다.

"강열 씨 취하지 않으세요? 너무 많이 드시게 한 거 아닌지 살짝 걱정되네요."

"아… 괜찮습니다."

"시원한 물 좀 달라고 할까요?"

"아닙니다. 배부른데 또 어디 물이 들어가겠습니까? 이 커피면 충분합니다."

"강열 씨 덕분에 우리도 간만에 술도 많이 마셨고 옛날 20대 추억에 젖어 너무 좋았습니다."

"아… 저도 잊었던 기억들을 찾게 되어 좋았습니다."

"강열 씨, 우리 종종 볼 수 있었으면 좋겠습니다."

"예…. 기회가 되면 자주 만나요."

배부르고 따뜻하여 또 긴장도 풀리면서 스르르 잠이 왔다. 양손 팔짱을 낀 채 살짝 존 것 같았다. 잠깐이지만 코까지 골면서….
나 스스로 놀라 일어나니…
그녀는 날 안쓰럽게, 그녀들은 까르르 웃으며 "많이 피곤하신가 보네요?" 하며 걱정스러운 모습으로 보고 있었다.

지혜가 말했다.

"커피 마시고 울산 같이 가요. 모셔다 드릴게요."

"무슨 소리야?"

"이 친구들도 동의하였어요. 강열 씨 울산까지 모셔 드려야 한다고."

"그라모 넌 부산 어떻게 돌아가노?"

"택시 타고 내려오면 되죠."

"나… 남자야. 자존감 떨어지게 하지 마세요."

"아… 그게 아니라 오늘 친구들이 강열 씨한테 약주를 너무 많이 드시게
한 죄로, 제가 대표로 울산까지 에스코트하는 차원으로 모시는 겁니다."

"야… 됐다 마!"

정임과 은희 친구 역시 이구동성으로
"그렇게 하라. 고집부리지 말라. 사람 성의를 무시하는 게 아니다."라
며 성화를 부렸다.
그리고 울산 가서 둘이 오붓하게 한 잔 더 하라면서, 같이 울산 올라가
라고 압박을 가해 왔다.

"또 이건 무슨 꿍꿍이지? 참 상상 의외의 사람들이다."

지혜 친구들도 영감탱이 밥 챙겨 줄 시간이라며, 영감탱이 찾을 시간이 되었다며, 부랴부랴 옷과 가방을 챙겼다.

이 친구들이 일사불란하게 움직일 때마다 사실 겁이 났다. 무슨 꿍꿍인 줄을 모르니까? 호의인지? 무슨 저의가 있는 건지? 도저히 알 수가 없었다.

저들의 의도(?)대로 둘이서 택시를 타고 울산으로 향했다.

"지혜야!"

"예?"

"20대 때 내가 널 많이 좋아했을까? 네가 날 많이 좋아했을까?"

"당연히 저죠."

"아니다. 나더라."

"왜요? 말이 안 되는데요."

"너랑 헤어져 보니까 알겠더라. 사실 너랑 헤어져도 무덤덤할 거라 생각했었어. 항상 붙어 있었으니, 너의 존재의 가치를 못 느끼고 있었어. 6년 동안 항상 곁에 붙어 있을 때는 몰랐어. 막상 헤어져 하루, 이틀이 흐르니 네가 나에게 얼마나 소중한 여자였는지 뼈저리게 알겠더라고. 날 맑은 날은 태양의 소중함을 모르고 비 오는 날에야 태양의 소중함을 깨닫게 된 거지."

나도 잠시 옛 생각에 울컥했다.

"잠시라도 안 보면 죽을 것 같은 고통, 이제 볼 수 없다는 등 여러 감정이 뒤섞여 노래 가사처럼, 가슴에 총 맞은 사람처럼, 가슴이 뻥 뚫려 어떻게 말할 수 없는 고통이 따르더라."

한숨을 몰아쉬며

"사람이 실성한 것처럼 되더라. 아이러니하게도 헤어진 후에야 내가 너의 소중함도 알게 되었고 또 얼마나 끔찍이 사랑했는지 뒤늦게 깨닫게 된 거지….
지혜 너의 빈자리가 너무나 넓고 깊었어."

지혜는 가만히 듣고만 있었다.

"특히 '이별은 시간이 약이다.'라는 옛 경구….
이 말은 나에게 통하지 않았어.

시간이 흐르면 흐를수록 그리움이 짙어지고, 외로움이 더 깊어져 눈물샘이 말라 마른 피눈물을 흘렸다. 가슴이 찢어지는 고통이 반복되어 딱 죽고 싶었어.

소위 불지옥의 시간이었어.

그때 알았다.

너를 보내고 나서야 널 무척이나 죽을 만큼 사랑했었구나 하는 것을."

하고픈 말을 참았다는 듯이

"강열 씨, 저도 마찬가지였어요. 저도 아주 정말 많이 힘들었어요. 강열 씨로 인해 흘린 눈물을 차마 손수건으로 닦을 수 없었어요. 그 눈물 너무 소중했었어요. 눈물 보여 주면, 눈물 보면 돌아오려나….

목청 놓아 펑펑 울었더니 나중엔 울음소리까지 나오지 않을 만큼 많이 울었어요. 제가 강열 씨랑 헤어진 후 식음을 전폐하고 눈물만 흘리고 있었어요.

저희 아버지가 이러다 '막내딸 죽겠다' 싶어 이런저런 생각할 여유도 없이 부랴부랴 강열 씨를 찾아간 것입니다.

강열 씨는 매몰차게 단칼에 거절하였고요."

"난 지혜 널 위해 더 매몰차게 거절했었다. 나름 널 위하는 최선의 선택이었다.

하지만 얼마 지나지 않아 후회막심이었지만. 사랑을 한 만큼 이별에 대한 책임 의식이 있어야 했다. 그렇지 못했으니, 이별로 인한 고통을 감내해야 했었다."

우린 택시 안에서 누가 더 많이 사랑했는가, 누가 이별 후 고통이 더
컸는가 등 스무 고개를 넘고 있었다.
그동안의 시간이 모든 걸 용서하여 웃으며 치킨게임에 빠져 있었다.

《비 오는 아침》

비 오는 아침이면
어김없이 고질병 같은
그리움이 꿈틀댄다

쓰고 지우길 몇 번을 하여도
그댈 향한 내 마음 나타낼 수 없어

오늘 같은 날에 그댈 향한 마음
흠뻑 적시게 빨랫줄에 걸어 두련다

37

울산 무거동

택시 뒷좌석에서 누가 더 사랑했는지, 아파했는지, 행복한 이야길 나누는 시간이었다. 지혜는 택시 안에서도 팔짱을 풀지 않았다. 꼭 저승까지도 놓치지 않고 따라갈 것처럼 풀 기미가 보이지 않았다.

지혜가 나에게 머리를 기대어 오기도 전에 내가 먼저 지혜의 어깨에 내 머리가 넘어져 갔다. 잠이 와락 쏟아져 왔기 때문이다.

눈을 뜨니 그녀는 누워 있는 갓난아기를 쳐다보는 엄마 같은 자애로운 눈빛으로 날 또렷이 보고 있었다.

한 손으로 턱을 받치고 있었다. 앞으로 떨어지는 무거운 머리를 받치기 위해서다. 입가엔 침도 흘렸었는지 침 자국이 말라 있는 느낌이었다.

"강열 씨 많이 힘드시죠?"

"아니다. 깜빡 졸았네."

"여기 어디쯤이야?"

"어디인 줄은 모르겠고, 약 10분 정도 졸았어요."

택시 기사가

"이제 기장 지나고 있습니다."라고 하였다.

"아… 알겠습니다."

"강열 씨. 피곤하실 터인데 더 주무세요."

"아니다. 너 혼자 부산 어찌 내려가나?"

"괜찮아요."

"나 혼자 올라갈 수 있는데 너희들 오바했다. 여튼 울산대 앞이나 무거동 가서 시원한 국물 있는 안주로 한 잔 더 하자."

"아닙니다. 술은 더 이상 안 할래요. 강열 씨 차 주차해 두었던 학원 앞에 내려 드리고, 그냥 전 이 택시로 부산 바로 내려갈래요."

"지혜야… 그건 아니지? 그라모 난 어떻게 되노? 남자 쪽팔리게 하지 마세요."

그녀는 한동안 말이 없었다.

"와!! 젊은 그 남자 때문에 빨리 가야 하나? 그라모 그 친구 보고 울산으로 너 좀 데리러 오라 해라."

난 괜히 말에다 맛없는 조미료를 쳤다. 곧바로 말한 것을 후회했다.

"아니에요. 강열 씨가 술을 많이 드셨기에 건강 걱정해서 하는 말입니다. 강열 씨 제 남자친구 신경 안 쓰셔도 됩니다. 제가 거슬리지 않게 하겠습니다. 같이 한집에 살고 하는 그런 관계도 아닙니다."

"알았어요. 그럼, 나랑 한잔 더 하고 이왕 늦은 거 좀 더 있다가 내려가라."

"강열 씨는 집에 들어가야 할 시간 아닌가요?"

"걱정 붙들어 매십시오. 친구들이랑 한잔 더 한다고 하면 됩니다."

"그럼 그렇게 해요. 저는 시간 많아요. 강열 씨, 오늘 너무 과하게 드시는 거 아닌가요? 그냥 어디 호젓한 곳에서나 대학교 안에 좀 걸으면 안 될까요?"

"이 추운 날씨에 어디서 걷노? 청승맞게시리."

"걱정됩니다. 오늘 과하게 드시는 것 같아서….”

"아… 그러면 둘이서 노래방 갈까? 노래는 부르지 않고 기본만 시켜 놓고 옛이야기나 하면서….”

"그거 괜찮은 아이디어인데요.”

"글체… 헌데 무거동은 상업 지역이라 일반 노래방이 없다. 아가씨를 옆에 앉히거나 소위 삐삐 아줌마를 불러 옆에 끼고 노는 노래방밖에 없다. 노래연습장은 울산대 앞에 가야 한다.
귀찮다. 그냥 술 조금만 마시기로 하자.”

"예… 약속했어요. 조금만 마시기로….”

이런저런 이야길 나누는 사이에 택시는 장금으로 빠져 무거동행정복지센터 앞에 세워 주었다.

"와… 여기 휘황찬란하네요.”

"응. 여기가 상업 지역이라 술집과 모텔이 많다. 지혜야! 너 내일 낮에 택시 타고 부산 가고 고마 여기서 자고 가라.”

"혼자서요?”

"그라모 나랑? 지혜 니 미쳤나?"

"강열 씨 그게 아니라 여자 혼자서 호텔도 아니고 어떻게 모텔에서 자요. 택시 타고 부산 가는 게 더 낫습니다."

"아… 그렇게 되나? 내가 거기까지는 생각 못 했네. 미안 미안."

"뭐 미안하기까지야. 절 위해서 하신 말인데요."

"내가 술에 취해서인지 너 오늘 아주 많이 예뻐 보인다. 하하."

"감사합니다. 술 안 드시고 봐도 예쁩니다. 호호.
강열 씨! 여기 강열 씨 살던 동네 아닌가요?"

"응. 여기서 30년 더 살았네…."

"그런데 여기서 저랑 술 마셔도 되나요?"

"응! 마셔도 된다. 옛날 같으면 이목이 두려워 어림도 없지만, 내 나이 낼모레면 60인데 뭘 의식하겠노? 내 나이 되면 있는 애인도 도망가고 없다.
그래서 이상하게 보지도 않는다."

"그래도요? 그리고 강열 씨 애인 있기는 있었어요?"

"마! 날 우째 보고. 당연히 억울하게도 없었지. 허허. 나 그런 용기가 없어요. 여자가 유혹을 해 오면 못 이기는 척하고 넘어가 줄 낀데. 유혹하는 여자도 없더라."

"강열 씨를 여자들이 볼 때 당연히 애인 있다고 보았을 것입니다. 요사이 애인 없는 사람 없거든요?"

"여기 천연기념물 있잖아…."

"모르죠? 꼭꼭 감춰 두었는지…."

"보여 주까? 7급 장애인증."

"어디 많이 아팠어요? 7급 장애인증이 뭐예요?"

"애인 없는 사람을 농담으로 7급 장애인이라 한다."

"호호호."

"여튼 걱정하지 마. 여기서 한 잔만 더 하자."

"강열 씨 다른 곳으로 가면 안 될까요?"

"지혜야!
나랑 한잔하는 여자가 마누라인지, 애인인지, 직원인지, 모임 회원인지, 동료 원장인지, 남들이 어떻게 알겠어요?"

지혜와 마주하는 시간이 더해질수록, 술이 깊어질수록 대책 없이 마음이 자꾸 가고 있었다.

"강열 씨 알겠습니다. 그렇게 해요."

"가자! 내가 자주 가는 조개집 있다."

사랑에 빠지거나 술에 취하면 다른 것은 보이지 않는 공통점이 있다.

《한잔해요》

저녁노을도 집에 들어갈
채비를 합니다

서두르지도 않고 서쪽 바다 너머로

출렁이며

이 시간만 되면 하루에 한 번
나도 노을 집니다

노을을 술잔에 빠트려
하루를 위로하며 오늘 한잔해요

38

모텔 투숙

행정복지센터 맞은편 '제부도 조개집'에 들어갔다. 사장은 가벼운 눈 인사로 아는 척했다. 금요일 저녁이라 사람들이 북적북적하였다. 그 누구도 우릴 의식하거나 쳐다보는 사람들이 없었다.

각종 조개를 넣은 조개탕을 주문하였다.

조개집에 들어오니 소란스러워 정신이 없었다. 보글보글, 왁자지껄, 쌍시옷이 들어간 소리가 앙칼지게 울려 퍼져도 모두 소주 삼매경에 빠져 있었다.

국물이 정말 시원하였다. 시원한 국물 맛에 소주를 과하게 들이켜, 누가 먼저랄 것 없이 같이 취해 가기 시작했다.

술에 취하면 사람이 술을 마시는 게 아니라 술이 사람을 마신다.

취한 그녀는 자꾸만

"강열 씨~ 강열 씨." 하며 내 이름만 불러 댈 뿐 뒷말을 이어 가지 못했다. 사실 뭐라고 하긴 하는데 워낙 시끄럽기도 하고 목소리가 작아서 들리지 않았다. 이 사람은 잠을 자면서도 잠꼬대로 나의 이름을 부르지 않을까 걱정되었다.

그녀가 화장실을 다녀오더니 갑자기 "부산에 내려가겠다."라고 했다.

"안 바쁘다고 그러지 않았나?"

"술이 취하는데 강열 씨한테 실수할까 봐 빨리 부산 내려가야겠어요."
라고 말했다.

술에 너무 취해 있어, 이 상태로는 혼자서 택시를 태워 부산으로 내려
보낼 수 없는 상황이었다.

"야… 지혜야. 그냥 모텔에서 자고 내일 내려가라."

"안 됩니다. 여자가 호텔도 아니고 모텔에 어떻게 혼자 들어갑니까?
부산에 있는 아들을 부르면 돼요."

핸드백에서 휴대폰을 끄집어내어 아들에게 전화를 할 참이었다.
내가 전화를 뺏었다. 아무리 아들이지만 이 늦은 시간에 울산까지 엄
마를 모시러 오라는 것은 무리인 것으로 생각되어졌다.

"너… 모텔에 나랑 들어가자면 들어갈 끼가?"

그녀는 흐느적거리며 고개를 끄덕였다.

"그래. 여기 말고 저 아래로 가 보자. 이 동네는 내가 아는 사람들이 너무 많아 오해 사겠다."

지혜는 팔짱을 낀 채 스텝이 좀 꼬일 뿐 잘도 걸었다.

술에 취한 상태에서도 습관적으로 내 걱정을 했다.

"강열 씨, 너무 늦게 집에 들어가면 사모님한테 혼 안 나요?"

"걱정하지 마세요. 너 자는 모습만 보고 집에 들어갈 테니 염려 아니하셔도 됩니다."

"나 혼자 두고 갈 거예요?"

"그라모 같이 자자고?"

"그게 아니라. 이야기하고 있으면 되잖아요."

"그래 알았다. 이야기만 하고 밤새우자."

휘황찬란한 네온사인이 켜진 새로 지은 모텔에 들어갔다. 조그마한

창문으로 주인아주머니가

"자고 가실 거냐?"라고 묻는다.

자고 갈 거라고 하였더니 2층 출입구 바로 옆방을 주었다. 방이 의외로 따뜻했다. 상상 이상으로 방은 깔끔함을 넘어 은은한 조명이 너무나 아름다웠다.

아… 이런 방을 러브모텔이라고 하는구나! 신기한 듯 혼자 여기저기 둘러보는 사이…

그녀는 나에게

"미안해요. 미안해요."
몇 번 무의식적으로 되뇌이더니…

침대에 옷 입은 채로 순식간에 잠들어 버렸다. 이름을 불러 보았지만 대답이 없었다. 나에게 흐트러진 모습을 안 보이려고 많이도 긴장하고 있었나 보다.

추운 데서 따뜻한 곳으로 들어오니 더 이상 지탱하지 못하고 긴장이 풀려 자는 것 같았다. 핸드백과 윗도리 밍크 재킷을 힘겹게 벗겨내었다. 쌔근쌔근 숨 쉬는 소리가 고르게 들려왔다. 난 이불을 곱게 덮어 주고 조용히 빠져나오려다 메모라도 남겨야겠기에 볼펜과 메모지를 찾았다. 이런 경우를 예상이나 한 것처럼 모두 준비가 되어 있었다.

"아침 7시 정도에 올 터이니 그때 나랑 해장국 같이 먹고 부산 내려가
도록 하자."고 메모를 남겼다

사실 지혜 혼자 모텔에 남겨두고 나오는 것이 살짝 걱정도 되었다.
하지만 어쩔 수 없었다.
난 조용히 나와 집으로 들어갔다.

집에 들어가 자는 둥 마는 둥 잠을 설쳐 가면서 잠시 선잠을 잤다. 겨
울이라 새벽 6시 반임에도 어두웠다. 부랴부랴 모텔에 달려갔다.
모텔에 곧바로 들어가니

"사장님. 잠시만요?" 하며 아줌마가 날 불러 세웠다.

나의 얼굴을 보더니

"그 아줌마 조금 전에 나갔어요."라고
했다.

메모를 주더라면서 나에게 주었다. 새벽 6시 조금 못 되어 부산 갈 택
시를 불러 달라 해서 그 택시를 타고 갔다고 했다.

곧바로 전화했다. 신호가 가는데 곧바로 받지 않고 한참 후에 받았다.

"지혜야. 나도 보지 않고 바로 부산 내려가면 우짜노? 속도 많이 불편할 것인데… 괜찮나?"

"강열 씨 죄송해요. 속 쓰리거나 머리가 아프거나 하지는 않아요. 저 때문에 힘들었죠? 제가 강열 씨에게 못 보여 줄 걸 많이 보여 주었네요."

"아냐. 실수한 거 전혀 없다. 지혜야! 이제 자주 보며 살자."

미처 숨기지 못한 지혜에 대한 감정이 내 가슴에서 벅찼는지 저절로 범람하고 있었다. 바지 호주머니 속에 넣어 둔 송곳처럼 불쑥불쑥 내밀고 있었다.

"강열 씨 감사하고 고마워요. 제가 강열 씨를 끝까지 챙겨 드렸어야 했는데….
빨리 집에 들어가서 쉬세요. 오후에 전화 드릴게요."

나에게 전화를 먼저 끊어 달라는 습관성 멘트도 없이 그녀가 먼저 끊었다. 많이 피곤해하는 모습이 전화 목소리로 역력히 느껴져 왔다.

이별은 새로운 만남을 기약한다.

《긴 이별》

애틋한 시간들 쉬이 도려내지 못하고
함께한 흔적들 깊고도 깊어서
차마 지울 수가 없었어

헤어짐의 시간이 길 수도 있지만
사실은 이별을 눈으로 하고
가슴으로 하지 못하였기에

만남의 시간은 짧고
언제나
이별의 시간은 길고 아파

39

등산 계획

언제 만나자는 기약도 없이 부랴부랴 내려간 뒤…

며칠간 전화뿐만 아니라 카톡이나 문자 등의 기별이 없었다.

먼저 기별을 넣어 보고 싶었지만 현재 상황을 모르기에 걱정만 앞세우고 소식을 기다렸다.

기다림도 지쳐서인지 기다림이 옅어져 갈 무렵 카톡이 왔다.

부산에 내려온 후 긴장을 놓아서인지 심한 몸살을 앓았다라는 내용이었다. 일어날 거야, 내일은 일어날 수 있을 거야 하며 버티다 결국은 병원에 입원하게 되었다며 소식이 늦어 죄송하다고 했다.

나 또한 지혜만큼은 아프진 않았지만 해운대 만남 이후 허전함과 지나친 음주로 인한 후유증에 시달려야 했다.

연락이 없어 걱정을 많이 했으며, 몸살을 회복하였다니 다행이다는 카톡을 보내었다.

밀린 업무를 처리한 후 빠른 시간 내에 전화를 주겠다고 했다.

학원에 출근하여도 며칠간 상사병 환자처럼 지혜와 함께한 해운대 시간만이 아롱거려 업무에 집중이 되지 않았다.

30년이란 시간의 공백에도 지혜 친구 정임 씨와 은희 씨가 아무런 거리감 없이 날 맞아 주고 함께함이 아주 고마웠다. 이런 잡다한 생각에 빠져 있었다.

무심코 내 머릿속에서 지혜를 지웠다가 또 떠올리고 또 지웠다가 떠올리는 행위를 하고 있었다.

지혜를 그리워하고 있음이다.

느낌상 지혜는 완전히 회복된 것 같지 않았다. 카톡의 내용이 평상시와 달리 짧고 대답도 간단한 것으로 보아 많이 피곤한 것 같았다.

다행히 다음 날 오후에 전화 가능하냐는 카톡이 왔고, 긴 시간은 아니지만 해운대에서 함께한 시간과 너무 과한 술에 대한 이야기와 여러 잡다한 일상의 이야기를 나누었다.

지혜뿐만 아니라, 나 역시 불같이 타오르던 감정들이 시간에 의해 정리되어지며 점차 일상으로 안착하고 있었다.

간혹 나도 모르게 지혜 프사를 보고 있거나 함께한 여러 사진을 습관적으로 보고 있었다.

'마음이 허전하다'는 것이다.

어느 날 지혜가 전화로

"강열 씨! 우리 저번에 약속한 거 기억하시나요?"

"느닷없이 무슨 약속? 너랑 나랑 약속한 게 한두 개여야지."

"이럴 줄 알았어요. 등산하기로 하였잖아요. 호호호."

"아. 그래, 그거야 기억하고 있지. 등산 가자고?"

"예. 강열 씨 시간이 어떻게 되는지 궁금해요. 강열 씨 일정에 맞춰 계획을 잡게요."

"아무 일요일에나 해라. 일요일은 언제든 시간 뺄 수 있다."

"지혜 니 어디 가고픈 산 있나?"

"특별히 가고픈 산은 없어요. 단지 강열 씨랑 둘이 오붓하게 등산하는데 목적이 있을 뿐입니다. 히힛!"

"그라모 내가 부산 근교로 정해도 되나?"

"예. 고맙지요."

"너네 집에서 해운대까지 지하철 연결되지?"

"예. 한 번만 갈아타면 됩니다."

"그라모 해운대 장산에 오르자. 사찰도 있고, 계곡의 많은 돌이 특이하다. 특히 장산 정상에서 바다를 내려다보는 광경이 일품이다."

"예. 강열 씨 그렇게 해요. 많이 궁금해요."

"날 잡히면 문자로 보내라. 아 글코 장산 만만치 않다. 미리 근력 좀 키우도록 하여라."

"예. 그렇지 않아도 그러려고요. 도저히 안 되면 강열 씨가 업고 가면 되잖아요. 힛힛."

"마… 아서라! 아마도 지혜 니가 내 업고 가야 할지도 모른다. 허허."

"걱정하지 마세요. 저 보기보다 힘이 셉니다. 호호."

"믿음이 전혀 가지 않지만, 마음은 든든하네."

지혜는 등산 약속만으로도 이미 기분이 업 되어 목소리 톤이 음계 '라' 지점에 도달해 있었다.

꼭 내일 소풍 가는 초등학생 목소리처럼 밝고 경쾌하였다.

《담지 말걸》

스치는 인연 붙잡았더니
기다림만 잔뜩이고

그리움 켜켜이 쌓으니
고독만이 다가와

전하지 못한 사연만큼
아리고 아려서

그댈 가슴에 담았더니
보고픔이 더 짙어

사랑의 후유증이
이런 아린 아픔이었다면

내 안에 그댈 담지 말았어야

40

변질

들키지만 않으면 짝사랑은 오래갈 수 있고 잠시나마 행복한 사랑이다. 상대방이 알아 버린 외사랑은 하면 할수록 아프고 고통스러운 사랑이다. 일방통행식 사랑이든, 쌍방향식 사랑이든 모두가 행복이고 고통이다. 이별 없는 사랑이 없으니까….

단지 이른 시간 내의 이별이냐, 느지막한 백년해로한 이별이냐, 차이일 뿐이다. 사랑한 기간이 짧고 긴 것에 상관없이 아픔의 크기는 같다. 단지 얼마나 깊이 사랑했느냐에 따라 아픔의 크기는 달라질 뿐이다.

다행인 것은 지혜와 나 사이에는 남녀의 사랑인 이성의 사랑이 아니다. 지난 서툰 사랑으로 인한 이별과 서로 미쳐 채워 주지 못한 마음을, 만남을 통하여 어루만져 주는 관계이다. 그래서 서로가 일정한 선을 넘지 않고 있었다.

솔직히 나 역시 예전 지혜의 사랑이 베풂과 헌신이었음을 이별이란 두 단어로 인해 깨우치게 되었다. 가슴 한쪽 언저리에는 지혜의 사랑에 대한 빚진 마음이 자리하고 있었다. 기회가 주어진다면 지혜에게 빚을 갚고 싶었다. 이는 지혜를 위함보다는 솔직히 나의 마음을 어루만져 주고,

빚진 마음을 덜어 내기 위함이었다. 사람 마음이 간사해서 지혜를 만나면 처음 마음은 어디로 사라지고, 또 다른 욕심이 일기도 하였다.

지혜는 내 말이 떨어지게 무섭게 결과물을 던져 주었다.

"강열 씨, 다다음 주 일요일 오전 10시에 장산 오르기 전 입구 광장에서 만나요."

어쩌면 지혜랑 결혼을 하여 부부가 되었다면 내가 하는 일에 참 괜찮은 참모 역할을 했을 것 같았다. 괜한 생각을 했다.

"오케이."

"무엇무엇 챙겨 갈까요?"

"밀키스 음료, 물, 과일만 있으면 될 거 같은데…."

"에계계! 고작 그것만요? 우리 직원들에게 물어보니 준비물이 많던데요."

"니 많이 챙겨오면 정상까지 못 오른다.
여자들은 오르자마자 등산로 초입부터 주저앉아 먹긴 먹더라 만은…."

"그래도 강열 씨 좋아하는 막걸리는 챙겨야 하지 않나요?"

"지혜야. 나 하산하여 울산 올라갈 때 음주 운전하라고?"

"거기까진 생각 못 했네요. 죄송해요."

"내가 시키는 대로만 챙겨 온나. 부족한 것은 하산하여서 먹으면 된다."

"예. 그러면 올라가면서 먹을 간식거리는 제가 챙길게요. 강열 씨는 귀하신 몸만 오시도록 하세요."

"너무 많이 챙겨 오지 말거라."

"최대한 간소하게, 최대한 맛나게 준비하겠습니다."

"그래, 간만에 호사를 누려 볼까나. 허허."

사람의 습관은 쉬이 변하지 않는다.

나도 모르게 또 지혜에게 준비물을 미루었다. 고쳐야 할 부분이 있다.

사회생활 하면서 조직 사회 경험이 거의 없다. 군대를 제외하곤 학교 교사로 지냈던 짧은 경험이 있을 뿐인데….

이 또한 여고생들에게 둘러싸여 대접만 받아왔다. 그러곤 학원을 개원하여 운영해 왔기에 항상 지시하는 것에만 익숙하다. 대부분 남이 챙겨 주는 것에 대해 받는 것이 생활 습관처럼 변해 있었다.

가만히 있어도 주위에서 챙겨 주었기에, 그런 위치에 있다 보니 어느 순간 당연한 권리인 양 착각하고 있었다.

　고쳐야 하는데 습관, 버릇이란 게 무섭다. 고치는 게 쉽지 않다.
꼭 고쳐야 할 습관이다.

《막걸리》

　한 사발 여름 꽃 사이로
　흘러나오는 노랫가락이 쓰다

　목을 축이기에는
　아직 상처 얕은 오후

　악을 바락바락 쓰며
　여름이 지나가고 있다

　텁텁하거나 진한
　엎질러진 시간을 뚫고

　나의 생이
　슬픔과 기쁨의 장단을 맞추는

　귀에 익은 울음소리에
　노랫가락이 쓰다

41

불시착

학원장들과 함께하는 아카데미 등산회를 내가 조직하여 회원들과 오랜 기간 산을 탔다. 덕분에 산 오름에 대해선 누구 못지않게 자신이 있었다.

그러기에 지혜 앞에 건강한 모습을 보여 줄 수 있는 절호의 기회가 다가오고 있었다. 특히 장산은 내가 지인과 함께 올라 보았던 산이다. 산행을 리드할 수 있어 지혜에게 남자다운 리더십을 보여 줄 수 있는 좋은 기회였다.

바야흐로 시간이 흘러 등산 약속한 날이 도래하였다.

울산에서 45분이면 장산 입구에 도착하는데 아침 일찍부터 서둘렀다. 지혜랑 생전 처음으로 등산하는 날이기도 하다.

30분 먼저 도착하여 주차를 하고 발목 운동 등으로 슬슬 준비 운동을 하였다.

장산 등산객인지, 원각사 등 절에 오르는 사람들인지 제법 많은 사람이 움직이고 있었다.

시계를 쳐다보니 오전 9시 50분이었다.

약속한 시각 10분 전이라, "강열 씨 어디 있어요?" 하는 나의 위치를 찾는 전화가 와야 하는데…

부랴부랴 챙겨 오느라 좀 늦는 모양이겠거니 했다. 10시가 되어도 연락이 없어 혹 문자나 카톡이 왔는지 확인하였다.

하지만 어떠한 흔적도 없었다. 뭐지? 오다가 교통사고라도 났나? 그렇더라도 전화는 가능할 터인데….

걱정되어서 지혜에게 전화하였다. 신호는 가는데 받지를 않았다. 느낌이 좋지 않았다.

무슨 일일까?

장산에 오르지도 못하고 그렇다고 울산으로 돌아가지도 못하고 안절부절못하고 있었다. 10시 반경이었나 그쯤 휴대폰이 울렸다. 모르는 전화번호였다.

상가 임대 현수막을 보고 오는 문의 전화인가 하고는 전화를 받았다.

"여보세요."

"강열 씨, 저 지혜예요."

"와! 무슨 일 있나? 아니면 접촉사고 났나?"

"강열 씨 죄송한데… 오늘은 아무것도 묻지 말고, 울산으로 돌아가 주시면 고맙겠어요. 죄송해요."

"울산으로 돌아가라고?"

"예. 내일이나 모레쯤 전화로 상세히 이야기해 드릴게요. 더 이상 묻지 말아 주세요. 정말 미안하고 죄송해요."

"그래. 알았다. 무슨 피치 못할 사정이 생긴 모양이네. 내 걱정은 말고 잘 수습하여라."

"예. 너무 죄송해요."

"그래. 그럴 수도 있지. 여튼 빨리 수습하고 연락 줘."

"예. 강열 씨 정말 죄송하고 고마워요."

전화로는 대수롭지 않게 말하였지만, 예사롭지 않은 문제가 생긴 게 확실해 보였다.

걱정보다 앞서 허탈했다. 들뜬 감정으로 기분 좋게 달려온 부산 해운대 장산….

모든 게 수포로 돌아갔다. 허망한 감정이 이만저만이 아니었다. 등산을 하지 못해서가 아니라 지혜를 만나 보지 못함에 있었다.

탁!! 힘이 빠졌다. 거기서 꼼짝달싹할 수 없었다. 벤치에 간신히 앉았다. 산도 오르지 않는데…

벌써 기진맥진이다.

장산만 멍하게 바라보고 벤치에 앉아 있을 수만 없었다. 정신을 가다듬고 몸을 추슬렀다. 움직여야 했다.

혼자서라도 장산을 오를까 생각했는데 의미가 없어 보였다. 포기는 빠르면 빠를수록 좋다 했다. 등산은 포기하기로 과단성 있게 결정하였다. 장산 등산을 포기하기로 마음먹으니, 빨리 여길 벗어나고 싶었다.

해운대 해수욕장은 사람이 많을 것 같아 송정 해수욕장으로 방향을 잡았다.

딱! 짝 잃은 외기러기 신세가 되었다.

사람이 살다 보면 이런 일, 저런 일뿐만 아니라 황당한 일도 경험하게 된다.

오늘이 그런 날이었다.

모든 일이 계획대로 된다면 삶의 자체가 어쩌면 무미건조할 수 있다. 상황 변수라는 게 무궁무진한 전술을 구사하기에 전술에 휘말리지 않으려면 순응하거나 더 큰 전략을 구사하여 대응해야 살아남을 수 있다.

《가을 등산》

울긋불긋 물든 산길에
봄꽃보다 화려한 꽃이 피었다

쭈빗쭈빗 고개 내밀며
유혹 손길 가득이다

며칠 사이 산에
오색 물감을 뿌린 듯

무엇을 보았기에
홍조를 띤 얼굴 하고

무슨 사유로 젖었기에
색깔이 각각 다르나

아랑곳없이 물든 산에
모두들 빠져든다

다섯 색깔 물감에
나를 풍덩 빠트렸더니

하얀 그리움조차
울긋불긋 물들었다

42

무소식

사람이 살아가다 보면 진짜로 뜬금없는 일을 부딪치기도 한다. 아무 준비 없이 외출하였다가 소나기를 맞는 것처럼.

그땐 이유 불문하고 피하고 볼 일이다.

이런저런 생각 즉 '아. 우산을 챙길걸.' 등으로 괜히 자책이나 짜증을 낼 필요가 없다. 소나기는 잠시이다.

피하고 있으면 그치기 마련이다.

울산으로 돌아온 뒤 한동안 해운대 장산 등산을 못 한 것이 아쉬웠다. 그런데 시간이 흐르니…

지혜 걱정이 태산처럼 부풀어 올랐다. 뒷날도 또 그 뒷날도 소식이 없었다. 도대체 무슨 일이 일어난 것일까? 궁금하기도 하고 걱정도 되어 하루하루가 여삼추였다.

하루의 시작은 솔직히 지혜에게 맞춰져 있었다. 나의 출근 시간은 오후 2시인 반면에 지혜는 아침 7시 정도에 일어나 8시에 출근을 하는 모양이었다.

출근을 하면서 아침 인사를 카톡으로 해 오기에 나 역시 그 시간에 맞춰 독서실 또는 텃밭에 가거나 태화강변을 걸었다.

종종 이른 아침 산행을 하기도 하였다. 매주 목요일 원장들과 오전에 하는 산행은 여원장들이 속도감이 없어 걷는 수준이다. 그래서 땀을 흘리기 위해 종종 혼자 산행을 하기도 한다.

싸늘하면서 상쾌한 아침 공기를 마시면서 못다 이룬 옛 연인과 전화 통화를 함은 상상도 못한 일이다. 형언할 수 없는 기쁨의 선물이었다. 어디 무엇과도 견줄 수가 없다. 지혜도 은근히 출근 시간에 맞춰 내가 운동해 주길 바라는 것 같았다. 비가 오면 못내 아쉬워했다. 지혜랑은 예전이나 지금이나 매일 이야길 하여도 이야깃거리가 넘쳐났다. 그만큼 공통된 관심사가 많거나 공감 수준이 비슷함을 의미한다.

지혜 회사의 점심시간은 정확히 모르지만, 지혜는 12시 반부터 오후 2시까지였다. 점심 약속이 없으면 꼭 카톡이 왔다. 뭐하냐고? 그러곤 수다를 떨고 저녁 퇴근 시간에는 나도 출근한 터라 또 일상의 이야기로 마무리했다. 간혹 아들에 대한 카운슬러가 되어 주기도 하였다.

우리는 20대 대학생 때처럼 친구 이야기부터 인터넷 기사까지 모두가 우리에겐 관심의 대상이 되었다. 행복한 나날이었다.

사실 행복이란 별거 아니다.

과거가 행복했었던 게 아니고, 그때도 행복했었고

지금도 행복한데, 못 느끼고 있다.

우린 대체적으로 주변과 비교하면서 상대적으로 불행하다고 여긴다.

비교는 주변인이 아니라, 자기 자신과 하여야 한다.

예를 들어 '과거는 얼마나 내가 열정적이었던가.', '현재는 얼마나 타성에 젖어 게으름을 피우고 있는가.' 등으로⋯. 결국 행복이든, 불행이든 내가 생각하고 결정하기 나름이다. 내 마음먹기에 달려 있다는 즉 일체유심조라 하였다.

지혜를 만남은 행복 시작점이었다.

출발선이었다. 선한 만남이든, 그렇지 않은 만남이든 지속, 유지하기 위해서는 서로 노력하기에 달렸다. 지혜에게 좋은 관계를 유지하기 위해 난 어떤 노력을 하고 있는지 곰곰이 생각을 해보기도 하였다. 나름 최선을 다하고 있을 뿐만 아니라 이젠 두 사람의 일상에 맞춰 최적화되어 있었다.

그럼에도 불구하고 지혜로부터 소식은 나흘째 무소식이다.

무소식이 희소식이길⋯.

과연 무슨 일이 있는 것일까?

저번 해운대에서 만났을 때 지혜 친구들의 전화번호를 받아 놓았었다면 좋았을걸⋯.

난 뭐 하나 잘하는 게 없다.

《퇴근길》

아무도 볼 수 없는 동굴 속으로 숨어든다
무지했던 시간 있는 척, 아는 척, 최고인 척
부끄러운 하루의 자투리들
시간 앞에 겸허와 겸손이 없었다

고단한 육신의 무게보다
영혼의 무게에 짓눌려
기력조차 쇠잔하여
표표히 장막 뒤로 사라진다

자박자박 쫓아오는 삶의 끝자락
초침이 두려워 숨는다
평안한 영혼을 위한 피안의 세계인
어머니 젖내 나는 가슴이 못내 그립다

영원히 살 것처럼 욕심 부리며
살아온 시간 시간들
모든 시름 동굴에 덜어 놓고
땅거미 되어 집으로 기어든다

43

발랄한 꽃

카톡이 왔다.

그렇게 기다린 소식이 온 것이다. 미처 소식 전하지 못해 죄송하다며 통화하고 싶다는 내용이었다.

내가 먼저 전화했다.

"여보세요."

"강열 씨. 죄송해요. 빨리 연락 못 드려서…."

"그럴 수도 있지. 그래 무슨 일인지 모르지만, 해결은 잘되었나?"

"예. 좋은 방향으로 마무리되어 가고 있어요. 앞으로는 절대, 네버, 결단코 이런 경우가 없을 것입니다. 믿으셔도 됩니다."

"다행이다. 잘 마무리되어 가고 있다니. 글코 지혜 니 목소리 오랜만에 들으니 좋으네. 목소리도 쌩쌩 살아 있고."

"맞죠? 죄송해요. 저도 자신감 넘치며 경쾌한 강열 씨 목소리 듣고 싶었어요. 어느 때에는 환청까지 들렸어요. 히히."

"뻥도 심하시네요. 허허."

"아니에요. 진짜라니까요."

"허허, 참."

"진짜 미안해요. 강열 씨 내 전화 아주 많이 기다리고 있을 거라는 거 알고 있었는데…."

"인제 됐다. 니 목소리 들으니까 십 년 묵은 체증이 내려간 것 같다."

"죄송해요."

"지혜야. 니 무슨 일 있었는지 말해 주면 안 되겠나? 말하기 싫으면 안 해도 된다."

"아닙니다. 말 못 할 거 없어예. 좀 사연이 길어서 전화로는 무리라서…."

"그래?"

"만나서 소상히 다 말해 드릴게요. 걱정 마세요. 좋은 방향으로… 아니 좋은 내용입니다."

"그라니 더 궁금하네."

"강열 씨 이번 주말에 뭐 해요?"

"만나자고?"

"예. 이젠 말 안 해도 척척 내 마음을 읽어 내네에."

"그 정도야 뭐…."

"강열 씨 저 많이 보고 싶었지요?"

"허허… 애들처럼 쑥스럽게 왜 그래."

"특별한 약속 없으면 올라가도 돼죠?"

"그래. 올라온나."

꽃은

우리가 예사롭지 않게 보느냐?

아니면 관심 없이 지나치느냐?

따라 꽃은 달라진다.

길가에 흐드러지게 피어 있는 꽃은 그냥 흔하디흔한 꽃일 뿐이다.

무관심했던 그 꽃에 "예쁘다, 곁에 있어 줘서 고맙구나." 하며 관심을 가져 주면 색깔이 더 짙어지고 매혹적인 향기를 뿜어낸다.

예사롭지 않은 꽃이 되는 것이다.

한갓 미물인 꽃이 그러한데…

삼라만상의 주인인 사람은 더 그러할 수밖에 없다.

지혜는 나를 만나면서 예사롭지 않은 꽃이 되었고 아주 매혹적인 여자로 탈바꿈하고 있었다. 나와의 만남으로 인해 생기발랄해졌을 뿐만 아니라 활력이 넘치는 슈퍼 우먼이 되어 가고 있었다.

오로지 나만의 착각일 수도….

"지혜야!"

"예. 또 무슨 명령 아니 고칠 점 지적하려 하죠? 목소리 톤이 저음인 거 보니…."

"응, 그래 부탁 하나 있다."

"뭔데요?"

"앞으로 무슨 일이 있으면 숨어들지 말고 나랑 의논하면 안 되겠니?"

"미안해요. 저도 그러고 싶었는데. 강열 씨 다른 일로도 바쁘고, 학원 일로 받는 스트레스도 만만하지 않을 거잖아요. 제 일까지 고민하게 할 순 없었어요."

"그라모 난 너에게 뭐지?"

"키다리 아저씨는 아니고 백마 탄 왕자님."

"키다리 아저씨 할게. 큰 힘은 될 수 없겠지만… 불행은 나누고 행복은 곱하라는 이런 말도 있잖아."

"저야 그러고 싶지요. 카운슬러가 되어 주시면 감사하고 고마워해야 지요. 하지만 강열 씨가 힘들잖아요."

"그래서 나랑 의논하기 싫다는 거냐?"

목소리에 적당한 짜증의 조미료를 첨가해 뿌렸다.

"그런 뜻이 아니에요. 알겠어요. 사실 혼자 고민하고 결정하는 것이 버룻이 되었어요. 혼자 된 지 오래되어서. 앞으로 꼭 의논할게요."

"이제 힘든 거 있으면 나에게 손 내밀어. 함께 의논하고 결정하자꾸나. 백지장도 맞들면 낫다고 하잖아."

"백지장 맞들면 좋죠. 근데 서로 방향이 같지 않으면 찢어져요. 힛힛. 농담이에요. 강열 씨는 저에겐 키다리 아저씨보다는 백마 탄 왕자님이십니다."

"크윽, 백마 탄 왕자?"

"맞아요. 강열 씨 처음 만난 그 순간부터 지금까지 한결같이 백마 탄 왕자님이십니다."

"지혜 니 아직도 꿈을 못 깼네. 지금 21세기야."

지혜는 육체적인 나이는 쉰 중반을 넘어섰지만 날 다시 만나면서, 육체적 나이를 잊은 것 같았다. 만남으로 인해 정신적인 나이는 이십 대로 돌아가 있었다.

《생강나무 꽃》

소리가 맵다
하늘이 노랗게 보인다

해마다 3월이면
산은 입안이 얼얼하다

움츠린 몽우리
노란 왕관으로 수놓는다

생강 향기 펑펑
산이 진동한다

44

회춘

어느 날

내 가슴에 크나큰 호수가 있음을 알았다. 깊이를 알 수 없는 우물 또한 있었다.

지혜가 만들어 놓은 것이었다. 솔직히 지혜가 만든 것이 아니라 지혜로 인하여 저절로 만들어진 것이라 해야 맞는 말이다. 넓고 깊은 호수와 우물로 인하여 내 마음의 여유도 생겼다.

괜한 짜증과 신경질도 사라졌다. 특히 바짝 마른 고목에 물이 올랐고 드디어 새순이 움트고 있었다. 무식한 말로 회춘이라 했던가. 내가 거울을 봐도 피부가 밝아졌고 얼굴에 윤이 나고 있었다.

큰 수술 이후로 얼굴 색깔이 돌아오지 않는데…

다시 뽀얀 얼굴로 재생되려나? 살짝 기대를 해 본다.

"여보, 나 얼굴 예전보다 많이 밝아진 것 같지 않아?"

"만구 당신 생각입니다. 선크림도 안 바르고 텃밭에다 산에 다니는데. 어떻게 밝아지겠어요."

"아닌데…. 대충 보지 말고 유심히 한번 봐."

그러자 마눌은 쓰윽 고개를 돌려 날 쳐다본다.

"그러고 보니 쪼매 밝아진 것 같기도 하네요. 형광등 불빛에서도 얼굴이 탄대요. 얼굴이 많이 타서 촌의 농부 아저씨처럼 보여요. 매일 선크림 좀 바르고 다녀요."

"응. 알았어."

마눌의 잔소리보다는 지혜를 만나야 하니, 피부가 밝게 보이기 위해 선크림을 얼굴에 발랐다.

옛날 노래 가사 중에
"사랑을 하면은 예뻐져요"가 있었다.
오늘따라 이 가사가 와닿았다. 신빙성이 있어 보인다. 과학적으로 증명된 이야기라고 들었다. 좋은 호르몬인 '옥시토신'이 분비되기 때문이란다. 우울증 치료제로도 쓰인다고 하니…
그래서 괜히 기분이 좋고 행복감을 느끼나 보다.

점심 약속이 있다 하고는 집을 나왔다.
학원 앞에서 만나기로 하였다. 학원 주차장에 주차를 하려고 하니 눈에 익숙한 차가 보였다.

지혜의 차였다.

"빨리 왔는가 보네. 오래 기다렸나?"

"아니에요. 좀 전에 도착했어요."

"그래, 누구 차로 움직일까?"

"제 차로 해요."

"니 부산서 울산까지 운전해 오느라 피곤할 터인데 괜찮겠나?"

"전혀 피곤하지 않아요. 빨리 만나고픈 제 마음을 아는지 오늘따라 정체 구간이 없었어요. 경쾌하게 빠르게 달려왔어요."

"그럼 내 차 주차 먼저 할게."

"예. 천천히 하고 오세요."

지혜 차를 타면서

"바다가 있는 정자항으로 드라이브 삼아 가자."라고 지혜에게 말했다.

지혜는 바다라 하니 거기가 어디예요? 하고 묻지도 않았다.

"무조건 좋아요."라고 했다.

지혜 얼굴 표정을 보니 유난히 맑아 보였다. 궁금한 것을 물어봐도 되겠기에….

"지혜야. 저번에 대체 무슨 일이 있었던 거야? 말하기 힘들면 대답 안 해도 된다."

"강열 씨 그날 생각만 하여도 미안하고 죄송해요. 어떻게 보면 잘된 사건이에요. 언젠가는 한 번 일어날 사건이었어요. 그게 하필이면 공교롭게도 장산에 오르기로 한 날이었어 문제였지만요…."

말끝을 흐리더니, 한숨을 푹 쉬었다.
지혜의 입에서 무슨 이야기가 나올지 궁금했지만…
나는 아무 말 없이 기다리기로 마음먹었다.
지혜의 입에서 아주 심각한 이야기가 쏟아져 나오고 있었다.

《사랑한다는 것은》

그 사람을

사랑한다는 것은

그 사람에게
사랑한다고 말하는 것이 아니라

그 사람을
닮아 가는 것이고

그 사람에게
물들어 가는 것이다

45

이별

"저번 주 일요일 아침에 등산 준비물 챙기느라 정신이 없는데, 그 사람이 불쑥 찾아왔더라고요."

"그 사람?"

"제가 만나고 있는 10살 어린 그 사람요."

"아… 오케이."

"그이에게 분명히 일요일에 약속이 있어 함께할 수 없다고 했는데, 찾아왔더라고요."

살짝 뜸을 들이기에….

"그래서?"

"오늘 어디 가냐?' 묻더라고요. 친구들과 해운대 장산에 등산 간다고 했죠. 솔직히 최근 들어 등산한 적이 없었어요.

그랬더니 이상했는지 등산 가는 곳에 함께 동행하겠다고 하는 거예요. 거기가 어딘데 당신이 참여한다고 하느냐고 버럭 화를 내었죠.

그러니까… 그이가 저 보고 변했다는 거예요. 전화도 어느 때에는 잘 안 받고 예전 같으면 주말은 무조건 함께하였는데 요사인 왜 그러냐고 묻더라고요."

"그래서 뭐랬는데?"

"일이 바쁘면 그럴 수 있지 않느냐?' 하였죠.

그럼에도 불구하고 그이는 그렇지 않다며 굳이 따라붙겠다 했어요."

"너 많이 난처했겠네?"

"진짜로 평상시 안 하던 행동을 하는 거예요. 식탁 위에 있는 제 휴대폰을 낚아 가서는 열어 보려고 하잖아요. 휴대폰에 비번을 안 걸어 놓았기 때문에 언제든 볼 수 있었어요. 이해되지 않는 행동을 시도하려고 하더라고요. 부부라도 개인 프라이버시가 있는데 열어 보면 안 되잖아요.

제가 입에 담을 수 없는 쌍시옷 욕과 살짝 미친 사람처럼 행동했어요. 휴대폰을 열면 강열 씨랑 통화한 것과 카톡 등 여러 사실이 노출되겠다 싶더라고요.

그러면 괜한 오해도 발생할 것 같은 생각이 드는 거예요. 그래서 제가 간신히 빼앗아 바닥에 힘껏 내려쳤어요. 박살이 나던데요. 그래서 그날 강열 씨에게 전화를 할 수 없었고 받을 수도 없었어요."

지혜의 과거의 모습에서는 볼 수 없었거니와 상상조차도 못한 거친 행동과 언사에 적잖이 놀라웠다. 지난 고단한 삶의 흔적이 역력히 드러나고 있었다. 하지만 내색을 할 수 없었다.

"다른 불상사는 없었나?"

"말로 1시간 가까이 다퉜어요. 설득도 하고요. 무조건 저를 따라나서겠다며 자기 집으로 돌아가지 않는 거예요."

"아… 그런 피치 못할 사정이 있었구나. 많이 힘들었겠다."

"별의별 처방을 하여도 막무가내였어요. 딱 버티고 있는 거예요. 힘으로 그이를 이길 수가 없으니….
도저히 해운대 장산으로 갈 뾰족한 방법이 없었어요. 그래서 강열 씨에게 못 갔어요. 정말 죄송해요."

"뭐가 죄송하노? 어쩔 수 없는 상황이었네. 어떻게 마무리는 잘했어?"

"헤어졌어요. 그날 하는 행동을 보니까 앞날이 막막한 거예요. 솔직히 정나미가 떨어지더라고요. 그래서 관계를 정리하자 했어요."

지혜는 그 상황이 떠오르는지 한숨만 푹푹 쉴 뿐 앞만 보면서 말없이 운전에 몰두하고 있었다.

말은 저렇게 쉬이 말하지만, 정리가 쉽지 않았으리라는 것은 짐작할 수 있다.

하지만 어떤 위로의 말을 해야 할지 난감하였다.

"그 남자가 폭력적인 행동을 하거나 위협적으로 강제하진 않았나?"

"제가 더 폭력적이었지 싶어요. 제 집에서 나가지도 들어가지도 못하는 상황이 되니 미치겠더라고요. 집을 나설 수 없는 것보다, 강열 씨 혼자 기다리는 모습이 상상이 되기에 미치지 않을 수가 없었어요. 막 히스테리를 부렸죠.

그 사람도 제 그런 모습에 적잖이 놀랐을 것입니다."

"어느 정도 이해가 된다."

"약속 시간을 훌쩍 넘어가서는, 등산복도 벗어던지고 평복으로 갈아입었어요. 등산 포기한 모습을 보여 줬더니…

그 사람 예민함도 누그러지더라고요."

"그런데 어떻게 나에게 전화할 수 있었니?"

"고래고래 소리도 지르고 이상한 행동을 많이 하였더니, 기운도 빠지고 목소리도 잠기면서 목이 아팠어요.

그래서 목이 아프다며 편의점에 가서 상비약과 음료수 하나 사서 오겠다고 했죠."

"그때 나에게 전화했구나?"

"예. 편의점 아줌마 폰이었어요. 단골이기에 깜빡하고 전화를 두고 왔다 하고 빌려서 전활 드렸죠."

이별의 시간은
상상 그 이상으로 길고도 고통스럽다.

《휴대폰》

가끔은 삭제해 버리고 싶다
금속에 갇힌 기억들을

썩지도 않는
저장 공간에서

시도 때도 없이
불쑥불쑥 나타나

풀 한 포기 나지 않는
내 삶의 악성코드

나를 들었다 놨다 하는 저것을
수류탄처럼 손에 꼭 쥐고

바보처럼
나는 안도하고 있다

46

집착

믿었던 사람이 등을 보여 주거나, 무관심할 때 사랑하는 이는 큰 상처를 받는다.

그뿐만 아니라 집착 역시 마음을 다치게 한다.

어쩌면 나 때문이겠다 싶어 가만히 있을 수가 없었다.

"지혜야, 나 때문에 그렇게 되었네."

"강열 씨 절대 아니에요. 강열 씨 덕분에 그 사람의 참모습을 보게 된 거죠. 예전부터 조금 성격에 문제가 있다고 느꼈지만 대수롭지 않게 생각했어요. 감춰진 진실을 발견하게 되어 천만다행이었어요."

"그래도 일주일간 힘들었겠다. 아직도 힘듦이 진행형이겠네."

"아니에요. 저 힘들 때 정신적인 도움을 받았기에 친구처럼, 연인처럼 지내며 은혜를 갚으려고 했는데… 지난 몇 년 동안 사실 몇 배로 갚았어요. 경제적으로나 정신적으로나 빚진 마음이 없어요."

"그 사람이 쉬이 지혜 너의 의견을 수용하더냐? 쉽지 않았을 터인데."

"전에도 말씀드렸지만, 한집 살림하는 사이도 아니고 별 정리할 것도 없었어요. 사실 나이 차이가 있다 보니, 맞춰 주는 것이 쉽지 않았어요. 예전에 강열 씨에게 토로한 적이 있었던 것 같아요."

"그래 기억해."

"그때부터 제 마음에서 조금씩 조금씩 밀어내고 있었어요. 그걸 느꼈는지 더 집착하더라고요. 그러다 말겠지 했는데 더 심해지는 거예요. 등산 가는 날이 클라이맥스였고요."

"에고고… 수고했다."

"수고는 무슨 수고요."

"걱정되어서 물어보는데, 해코지할 위인은 아니냐?"

"그럴 수도 있겠지요. 하지만 그렇게 했다가는 지 인생 끝나는 거죠. 그런 낌새가 보이면 경찰에 도움 요청할 것입니다."

말할 듯 말 듯하더니

"사실 그 사람 저한테 사업 자금으로 빌려 간 돈이 제법 많아요. 헤어지면서 변제 안 해도 된다고 했어요. 제 주변에서 엉뚱한 짓을 하거나 깔끔히 마무리 안 지으면 사업도 못 하게 할 뿐만 아니라, 저한테서 빌려 간 돈 갚아야 한다고 했습니다."

"이 일로 빚 변제를 면제해 주면, 너는 경제적 타격은 없어?"

"돈보다 그렇게 하는 게 제 마음이 편할 것 같아서요."

"좀 안심은 되네."

"그 사람 겪어 보니까? 날 좋아하는 것이 아니라, 제 돈을 보고 있음이 느껴지더라고요."

"참 믿을 사람 없네."

"아마도 지금 그 사람 로또 당첨된 기분일걸요. 제가 헤어져 주면서 주변 사람들도 알게 될 것이고, 또 저보다 훨씬 젊은 여자를 만날 수 있잖아요. 호호호."

"그렇게 생각하면 다행이고…."

사람 마음은 모른다.
현재 지혜의 속마음도….

《이별식》

당신의 가슴에 지워지지 않는
시 한 편 써 놓고 싶었는데

슬프거나 외로울 때
가슴에서 끄집어내어
당신의 벗이 되어 주게

생각처럼 되지 않듯
갑자기 뜨겁게 달아오른 감정처럼
순간에 회색빛처럼 식어 버린 관계

뜨거웠던 두 사람의 긴 시간과
반비례하듯 헤어짐은
무엇이 그렇게 급했는지

지난 시간 아랑곳없이
이별식도 없이 떠나

이별식이라도 했더라면

당신이 생각하는 더 이상의
그리움으로부터 벗어날 수 있었을 터인데

먼발치에서 다가서지 못하고
마냥 지켜보지만 않았을 터인데

당신의 가슴에 영원히 지워지지 않는
시 한 편 써 놓았을 터인데

신의 선물

47

오빠

이별식 없는 이별 이야길 듣는 사이 이미 차는 정자해수욕장에 도착하였다.

"저기 저 커피숍에 들어가자."

"카페베네! 저기요?"

"응. 맞아."

"여긴 뭔데 이렇게 유명한 커피숍과 식당들이 많아요."

"너처럼 바다 좋아하는 사람들이 많이 오는 곳이지. 허허."

다른 날에 비해 정자해수욕장은 생각보다 한산했다.

"강열 씨 저랑 같은 거 마실 거죠?"

"응, 콜!"

"강열 씨 좋아하는 달콤한 빵도 조금 시킬게요."

"좋지요."

커피와 케이크 비스름한 빵 몇 조각을 들고 왔다. 아마도 지혜는 울산에 바삐 오느라 아침을 먹지 못하였던지, 아니면 지난 이야기하느라 지쳐 당분이 필요했던 것 같았다.

카페 2층에서 정자해수욕장을 내려다봄은 가히 무엇과도 견줄 수 없는 장엄한 장관이었다. 수평선이란 단어를 새삼 떠올렸고, 크고 작은 배들이 수평선에서 그네를 타듯 아롱거렸다. 파도가 서로 부딪쳐 하늘을 향해 치솟으며 하얀 포말을 형성함을 보고 있음은 무아지경이 따로 없었다.

"차르르 싸악, 차르러 싸아." 파도의 힘에 구르는 자갈 소리가 닫힌 유리창 너머까지 들려오는 것같이 느껴졌다.

지혜가 겨울 바다를 좋아함은 겨울 바다엔 여름의 해수욕 인파가 없어서이다. 누구의 방해도 받지 않고 온전히 바다를 느끼고 가슴 가득 담아올 수 있기 때문일 것이다.

호수와 바다가 다른 점은 생동감일 것이다. 호수는 평온함을 선물해 준다면, 바다는 매일 다르게 변화무쌍함을 우리들에게 선물해 준다.

정자 앞바다에 취한 듯 삼매경에 빠져 넋이 나간 지혜를 불렀다. 목소리에 몇 톤이나 되는 무게를 가득 얹고서….

"지혜야!"

"아잉, 왜 목소리 톤을 깔아요?"

"너 나랑 2살밖에 차이 안 나제?"

"예. 왜 갑자기 나이 이야길 해요?"

"강열 씨, 강열 씨 하고 부르지 않았으면 해. 듣기가 여간 불편한 게 아니야."

"그러면 뭐라 불러요?"

"오빠!!"

"오빠?! 호호호."

"그라고 높임말, 존댓말 같은 거 좀 걷어 내라."

"어떻게 그렇게 해요."

"야. 인마. 너희 집에 오빠 있잖아. 오빠라고 부르지?"

"당연히 부르지요."

"이제 너나 나나 다 늙어 가는데, 좀 격식 같은 거 따지지 말고 살자. 내가 지혜 니한테 오빠 소리 듣고 싶단 말이야. 나에겐 너도 알다시피 사촌, 팔촌까지도 여동생도 하나 없어.
 너 친구인 외사촌 여동생 혜경이 한 명 있었는데 이젠 연락도 안 돼. 주위에 오빠라 부르는 사람이 아무도 없어."

"예. 알겠는데요. 인제 와서 갑자기 오빠라니요?"

"강열 씨 하고 부르니 너랑 거리감이 느껴져. 글코 네가 존댓말 사용하니 내가 꼭 꼰대처럼 느껴져."

"아잉! 못 해요."

"하지혜!! 너 내 말 안 들을 거야? 오빠라고 불러 줄 수 있는 유일한 사람이 너뿐이야."

"들을게요. 하지만…."

"무슨 하지만이야. 정녕 내 말 무시할 거야?"

"그런 게 아니라… 제가 언제 강열 씨가 말하거나 고쳐라 하는 거 거부하거나 안 따른 적 있나요?"

"존대하지 말라 했지."

"아… 바로 어떻게 놓아요?"

"해 봐! 오오빠!!"

다 죽어 가는 소리로

"오오빠."

"봐! 되는구먼."

"강열 씨 아니 오빠."

"왜?"

"말만 천천히 놓으면 안 될까요?"

"말 놓는 게 그게 그리 힘드나?"

"예. 오래전부터 써 오던 말을 어떻게 하루아침에 되겠어요."

"그래…. 그러면 말은 천천히 놓도록 하여라. 너와 나의 거리감을 없애기 위함이니 다른 오해는 하지 마라."

"저도 알아요. 오빠의 깊은 속뜻을요."

"그래. 뜻을 따라 줘서 고맙다."

"오빠, 오빠! 재미있네요. 오빤 여동생이 생겼고, 전 오빠가 생겼고. 재미있어요."

"지혜야, 니 모르제? 오빠 오빠 하다가, 여보! 부인으로 다 바뀌는 거? 허허허."

"그런가요? 여보!"

"너 미쳤나? 어디서 여보야?"

"아무도 못 들었어요. 그리고 다들 우리에게 관심 없어요. 여봉!"

"안 되겠다. 다시 그냥 내 이름으로 불러라."

"싫은데요. 오빠."

지혜가 그 사람과 헤어진 아픔도 잊은 채, 생기발랄함으로 다시 돌아왔다.

만 나이로 헤아려도 50대 중반이다. 할머니로 불러도 무방한 아줌마인데, 말괄량이 삐삐 소녀로 보였다.

정말 다행이고 고마웠다.

《정자 앞바다 파도 놀이》

나 잡아 봐라

잡힐 듯 잡히지 않는 술래잡기
하얀 박수 치며 깔깔거리는 모습이

꼭 옛사랑을 닮았어
또 나 잡아 봐라

일부러 늦장 부려 잡혔더니
흠뻑 젖었네 싫지 않네

48

아픈 추억

꼭 말로 표현해야만 지혜의 감정을 헤아리는 것이 아니다. 말은 하지 않으나, 날 좋아하는 것은 확실하다. 그냥 조금만 움직여도 나의 일거수일투족 하나라도 놓치기 싫은 듯, 그녀의 시선은 나에게 고정이다.

그리곤 환한 미소로 나의 눈길과 손길의 갈구함이 보인다. 우울한 생각에 빠져 있다가도 나와 눈만 마주쳐도 함박웃음이다.

정자 커피숍에서 나와 경주 봉계해수욕장까지 갔다. 문무대왕릉을 내려다보는 언덕에 내 하얀 별장이 있어서이다.

가면서 내가 많이 아팠던 과거도 이야길 하였다. 놀라면서 또 눈물을 흘리며 흐느꼈다.

"오빠, 지금은 다 나은 건가요?"

"글치, 보면 모르겠나? 팔팔 날아다닌다 아이가. 허허."

"진짜 다행이네요. 큰 병이었어요?"

"어쩌면…."

"전혀 몰랐어요."

"그럴 수밖에."

여튼 별장은 내가 아픈 동안 나의 휴양소였고 놀이터였으며 안식처였다.
나의 아픈 과거를 말하니, 지혜가 덩달아 과거를 이야기하였다.

"강열 아니 오빠! 나 NN패션에 있던 거 알지요?"

"알지."

"거기서 만난 사람과 결혼했어요.
　결혼 후 ○○숙 부티크 메이커로 남포동에서 사업을 시작하였어요.
유명 브랜드 패션이 막차를 탈 때라 쫄딱 망했죠.
　막막했어요.
　힘드니까 오빠 생각 많이 나던데요.
　그러곤 안 해 본 게 없었어요. 신랑은 가장의 역할을 전혀 하지 않았어요.
집에서 반대하는 결혼을 한 터라 친정집에 손을 벌릴 수가 없었어요."

한숨을 몰아쉬고는 머뭇거리고 있었다.

"너도 순탄치만은 않았구나.

난 아픈 거 말고는 사업은 순탄했었는데…. 그때 신랑과 헤어졌나?"

"아뇨. 헤어질 마음적 여유가 없었어요. 아들 하나 건사하기도 힘들었죠. 당장 먹고 살 궁리를 찾아야 했어요. 닥치는 대로 일을 하니 입에 풀칠을 하게 되더라고요."

"지혜 너 고생 많이 했네."

"엄청나게 하였죠. 근데 고개를 돌려 보니 신랑은 없었어요. 이런저런 일을 시키면 '난 못 한다.'였어요.

엊그저께까지 남포동에서 사장이라 거들먹거렸으니 '남자 가오 죽는다.'라고 못 한다느니….

여러 이유로 일을 안 했어요. 아들 아빠로서, 남편으로서 모두가 빵점이었어요. 곤궁에 처해 보니까 알겠더라고요. 무능력한 사람이란 것을요. 여성들만 상대하는 직업만 해 온 터라 조금은 이해도 되고요."

"그러면 네 신랑은 전혀 경제 활동을 안 했나?"

"예. 소위 명분 좋아하는 폼생폼사였어요. 조선시대 양반도 아니고….

그래서 갈라서자 했어요. 내가 두 사람 수발드는 것보다 수저 하나라도 덜어 내어야겠더라고요."

"아이고야. 순순히 응해 주더나?"

"예. 이미 폐인이 되어 있었어요. 젊은 사람이 이해가 안 되었어요. 아들 아빠이기도 하고, 내가 선택한 결혼이기에 여간해서 함께 살아 보려고 했어요. 시간이 쌓여 갈수록 안 되겠더라고요. 아들을 위해서 더욱 이혼해야 했어요. 자식에게 본보기는커녕 거의 술 중독자로 살았으니까요."

한 번 꼬인 인생, 평탄한 삶이 그들을 받아들이지 못했나 보았다. 지침 없이 지난 아픈 과거를 들추어내었다. 남에게 보이기 싫어 꼭꼭 박스에 밀어 넣어 봉했을 이야기다.

가득 숨겨 둔 내밀한 이야기를 아무렇지 않게 툭툭 뱉어 내고 있었다.

"지혜야. 차 저쪽 길 가장자리에 세워 봐라."

"왜요?"

"그냥!"

지혜는 차를 세웠다.

"이리 온나. 한번 안아 보자."

"오빠!!"

내 입에서 지혜가 어쩌면 그렇게 듣고 싶어 했던 말일 수도 있는 말을
불쑥 뱉어 내었다.

안아 주고픈 생각이 내 마음에 가득 차올랐다. 생각이 넘쳐흘러서, 저
절로 말이 물처럼 넘쳐 쏟아졌는지 모른다.

《군고구마》

지침 없이 달려온 고단한 하루가
엄마의 익숙한 마술 같은 손놀림에
배고픈 아궁이 속으로 빨려 든다

빨간 불씨 은근한 유혹에
엄마에 부지깽이 장단에
걸려 든 은박지 속 알몸뚱이들

노곤노곤 나긋나긋 단장하자
아빠는 군침으로 찜하고
아이들 반짝반짝 눈빛으로 찜한다

채 식지 않은 아궁이 입가엔

새까만 가난 위에
더께의 세월이 덕지덕지

스치는 갈바람 타고
고구마 익는 고소한 내음이
가족의 행복을 붉게 지핀다

49

디자이너

지혜는 나의
"안아 보자."라는 말에 멈칫거렸다.
여성의 본능이었을 것이다.

"왜, 안 되겠나?"

"아뇨. 오빠한테 몇 번이나 안아 달라고 부탁하려고 하였어요. 단지 부
끄럽고 오해하실 것 같아서 이제껏 말 못 했어요."

안전벨트를 풀고 조수석으로 머리와 가슴을 내밀었다.
난 아무 말 없이 꼭 껴안아 주었다.
처음엔 수동적인 자세로 가만히 안겨 있더니, 지혜도 능동적으로 나를
양팔로 감쌌다. 조금은 곁에 있어 주지 못해 미안했다. 또 지난 시간 동
안 힘들었던 시간을 위로해 주고 싶었다.

내 마음을 아는지

지혜는

"오빠 고마워요. 저 이렇게 죽을 때까지 오빠 가슴에 안겨 있고 싶어요. 제가 욕심쟁이죠. 호호."

차 안이라 안는 자세가 편안하지는 않았다. 안고 있으니, 가슴이 뜨거워 오면서 쿵쿵 설레기도 하였다. 노쇠해져 가는 남자인데…
본능이 살아 있는지 키스하고픈 못된 욕망이 일었다.

다행히 허리가 불편하여 어쩔 수 없이 각자의 자리에 앉았다. 편안하고 밀폐된 공간에서 둘이 마주 보면서 껴안고 있었다면 십중팔구 진도가 더 나갈 수 있을 것 같았다. 앞으로 포옹은 조심해야 할 행위 중 하나이다.

"오빠. 가슴이 많이 따뜻하네요. 노래방에 이어 오빠가 날 안아 준 것은 두 번째이죠?"

"글치."

"고맙고 감사해요. 오래전부터 오빠의 가슴을 많이 그리워했어요."

지혜는 속마음을 숨기지 않았다. 이상한 방향으로 흐르고 있어 말문을 돌렸다.

"그동안 아주 힘들었겠구나?"

"말을 안 해서 그렇지… 모두 깊이 들어가 보면 아픈 역사가 있어요."

"그건 맞아."

"인간만사 새옹지마라 하였듯이 그 아픔이 오늘 저를 있게 했습니다. 지난 NN패션 경험과 여성 의류 사업 실패를 밑바탕으로 A 회사 디자이너로 스카웃되었어요.
    가정관리학과를 졸업했는데… 엉뚱하게도 이젠 회사에서 대체 불가능한 디자이너가 되었어요. 내가 좋아하는 일이든, 싫어하는 일이든 주어진 일에 최선을 다하고 있으니, 기회가 찾아오고 다가오더라고요."

"아. 지혜 직업이 정확히 무엇인지 몰랐는데 디자이너였구나."

"강열 씨 아니 오빠, 제가 무슨 일한다고 이야기 안 했나요?"

"전혀. 궁금하긴 했는데 네가 말해 줄 때까지 기다렸지."

"궁금했으면 물어보시지…."

"네 직업이나 위치 등은, 우리가 만나는 데 전혀 중요하지 않았기 때문이지.

네가 파출부 일을 하든, 네가 회사 사장이라도 어떤 직업을 가졌더라
도 네 직업이나 직위가 우리 만남에 전혀 영향을 미칠 요소가 되지 않기
때문이지.

본질적으로 그냥 지혜이니까 좋은 거였어. 그리고 너 포스가 커리어
우먼이라는 이미지가 풍겨 나오더라고.

그래서 크게 궁금하진 않았어."

"오빠 내가 파출부였더라도 지금처럼 만났었다는 거죠?"

"당연하지. 나도 졸업과 동시에 고등학교 선생질을 했어. 내가 보기엔
사립학교는 비리투성이었어. 그 비리를 파헤치다 힘에 부대끼어 사표를
내었어. 학생들 앞에 분필 든 게 인연이 되어 학원을 하게 되었다. 마눌
이 미대를 졸업하여 미술학원을 하고 있었어.

사실 마눌이 날 학원 하게 꼬셨어. 학교 교사를 그만두고 ○○모피 회
사를 가게 되어 있었는데…

마눌이

'나와 결혼하려면 ○○모피 회사가 아닌 학원을 해야 한다.'라고 했었
어. 하하.

아마 그때 ○○모피 회사에 갔더라면, IMF 때 구조 조정 대상 1호였을
거야. 그러고 보니 마눌이 선견지명이 있는 사람이야."

"사모님 잘 만났네요."

"마누라 자랑하려고 한 게 아니고….."

"알아요. 그래서 학원을 하게 되었다는 거죠."

"그리고 보니 우리 두 사람 현재 직업이 과거의 일과 인연이 있는 부분에서 일하고 있네. 그런 부분에선 우린 공통점이 있네.

그리고 사람은 각각의 악기를 가지고 태어났어. 그런데 우리는 그걸 모르고 엉뚱한 악기를 만지고 있는 것이지. 솔직히 성적 따라 학교와 과를 선택했잖아. 이런 게 문제야.

지혜는 가정관리학과가 아니라 디자인과로 가야 했고, 난 수학 관련 학과 대신 인문학 관련 학과를 갔어야 했어.

여튼 나도 그렇고 너도 너에게 주어진 악기를 찾은 것 같아 다행이다."

"오빠는 무슨 악기를 찾았나요?"

"나… 글 쓰는 거 이야기 안 했나. 나 올여름에 시인으로 등단했어."

"예엣! 왜 그런 말을 안 해 줬죠?"

"이야기할 기회가 없었나 보다. 큰 벼슬도 아니고….."

"우리 오빠 시인이었구나. 대단한 능력자이셨네요."

이런 저런 이야길 하는 사이 내 별장에 도착하였다.

"전망이 아주아주 좋으네요. 누우면 바다 위에 둥둥 떠다니는 기분일 것 같아요. 오빠! 언제 나한테 한 번 빌려줄 수 있어요?"

"평일엔 가능해."

"왜 주말은 안 되나요? 오빠! 애인 데리고 오나요?"

"야. 나 애인 없다고 했잖아. 나 애들 가르치는 교육인이야. 누구보다 모범적으로 살고 있다고…."

"농담이었어요."

"이유인즉슨 처가가 경주다. 여기도 경주시에 속하고. 그래서 주말엔 처가 식구들이 불쑥불쑥 나타나기에 그래. 저기 단지 아래 열쇠가 있어. 처가 식구들 때문에, 저기 두고 다녀."

"충분히 이해했어요. 나도 이 주위에 촌집 하나 살까요?"

"나야 환영이지만, 부산서는 너무 멀어. 살려면 기장이나 월례, 일광 정도가 맞지."

"그렇겠네요. 오빠, 여기 살고 싶어요."

"저기 저거 봐."

"어머 무덤 아니에요? 밤엔 무섭겠다. 여기 안 살고파요. 히힛."

"학원 운영하면서 스트레스 받으면 여기 와서 잔디밭에 잡초를 뽑았어. 수양 많이 했다. 몇 년만 더하면 해탈의 경지에 오를 것이니 기다려봐라. 핫하하."

"학원도 스트레스 많이 받나 보네요. 그렇겠죠. 스트레스 안 받는 직업이 있을까요?"

"지혜야, 이제 슬슬 울산으로 돌아가자."

울산으로 돌아가면서
다음 주 일요일 산행 계획을 잡았다.

《일요일》

일요일
약속도 없고 날씨도 춥고

오늘
하루 종일 뭐하지

아
네 생각하면 되겠다

50

재도전

"오빠!! 자꾸 오빠 오빠 하니 가깝게 느껴지고 한층 다정한 느낌이 들긴 하네요."

"맞제?"

"오빠, 이번 주 일요일 산행은 해운대 장산이 아니었으면 해요. 저번엔 저를 배려한다고 장산으로 정했잖아요.
이번에는 울산으로 해요."

"갑자기 무슨 울산?"

"첫 번째는 등산을 했든 못 했든, 저를 생각해서 부산 장산으로 정했고요. 이번에는 울산으로 해야죠. 사실 장산 이름도 듣기 싫어요."

"아. 이해된다."

"그리고요. 부산에서 등산하게 되면 오빠께서 하산 후에 막걸리를 못 마시잖아요. 호호."

"여러모로 고민을 많이 한 결정이네. 좋다. 울산서 하자. 장소는 여자 산이라 칭하기도 하는 남암산으로 하자."

"그런 산도 있어요? 높지는 않나요?"

"음의 기운이 많은 산이라 그래. 지혜가 오르기엔 딱 알맞은 산이야."

"예. 감사합니다. 산행 때 필요한 먹거리는 제가 챙겨 오겠습니다."

지혜는 이미 둘이 산행하는 것을 상상하는지 신이 났다.

"아 참 지혜야. 산행지가 울산이니 황재홍 친구 시간 되면 우리랑 함께 등산하자 할까? 아마 많이 좋아할 낀데…."

잠시 고민하더니

"예. 그렇게 해요. 사실 저도 재홍 씨 보고 싶어요."

지혜와 나의 가슴엔 이미 봄이 찾아들고 있었다. 눈 속에서 피어오르는 복수 꽃처럼 우리의 뜨거운 가슴에 엄동설한도 꼼짝 못 하고 도망을

갔다.

삭풍에 살이 에이는 칼날 같은 추위는 둘을 더욱더 가깝게 밀착하게만 했다.

서로, 누구 한 사람 시키지 않았음에도 바람이 가슴에 하나둘 사랑의 씨앗을 뿌려 놓았다.

전혀, 그 누구도 모르게 둘의 가슴에

작은 씨앗이 싹을 틔우려고 분주했다.

그러고 보니 내일모레면 춘분이다.

얼마 지나지 않아 봄꽃들이 길가에 수놓을 것이다. 봄이 기다려진다.

"지혜야, 자주 통화하고 일요일에 보자."

"예. 오빠 그때 봬요. 건강 잘 챙기세요. 아프지 말고요.
내일 전화로 할게요."

부산으로 떠나가는 지혜 차를 오랫동안 바라보고 있었다.

돌아가는 사람의 뒷모습을 바라보고 있음은 그 사람을 좋아하고 있다는 것인데….

어느새 나도 지혜를 많이 좋아하나 보다.

보이지 않기에 내 차를 향해 돌아서는데
내 가슴엔 따뜻한 봄바람이 살랑살랑 불어오고 있었다.

《쉰아홉에 만난 봄》

똑똑
열린 문으로 야윈 햇살이 든다

봄이다

한 점 한 점 내리는 보슬비에
담담하게 젖기도 하고

허락 없이
잠시 앞마당에 서성이다가

눈물 뚝뚝
향기 멀어져 가는

아픈 청춘이
가물가물 보이기도 하는

터진 봇물처럼
쓸려 가는 나의 청춘이 보여 아프다

51

선한 거짓말

사람은 수백 번 윤회하면서 서로 인연을 맺고 은혜와 원한을 쌓는다고 한다. 처음 만난 사람인데, 어디서 많이 본 사람 같아 친숙함이 느껴질 때가 있다.

또 "우리 어디서 만난 적이 있지요?" 하며 묻기도 한다. 이는 윤회 이론에 따르면 전생에 인연이 있었음이다.

전생에 사랑한 사이였다면, 이승에서 사랑할 확률이 높다고 한다. 분명코 지혜는 나랑 전생에 인연이 있었을 것이다. 그러기에 멀리서도 나의 후광을 보았다 하지 않은가?

지혜와 나는 톱니바퀴처럼 잘 맞물려 삐거덕 없이 잘 지내왔었다. 기계도 오래 사용하다 보면 고장이 난다. 우리가 타고 다니는 자가용도 마찬가지이다.

오랜 만남에 있어서 긴장이, 호기심이 떨어졌는지 톱니 하나가 게으름을 피워 엇박자가 났었다. 그땐 예사로이 지나갔다. 어디 몸이 아프면 내일이면 괜찮을 거야, 자고 일어나면 가뿐할 거야 하듯이….

30여 년이 지난 시간에 만나서는, 삐거덕했던 그 톱니 하나의 잘못을 찾아 나서지만, 지나간 버스에 손 들기이다. 지나간 버스는 미련 없이 잊어야 한다. 단지 게으름 피운 톱니바퀴로 인한 상처를 쓰다듬어 주면 될 뿐이다.

지혜와 난 서로 상처 난 부분을 쓰다듬어 주고, 뻥 뚫린 빈 가슴엔 따스한 감정들을 채워 가고 있다.

"아 참! 오빠 오늘 재홍 씨랑 함께 산행하기로 하지 않았나요?"

"맞어. 전화를 했지."

"무슨 일이나 선약이 있었구나."

"맞어. 너 귀신처럼 잘 아네."

"여기 안 왔으니까요."

"대학원 친구들과 골프 약속이 잡혀 있데. 많이 미안해하며 어쩔 줄 몰라 하더라. 다음에 꼭 한 번 더 초대해 달라고 하더라."

"얼굴 한번 보나 했는데…… 어쩔 수 없네요."

"비싼 사람이라 얼굴 잘 안 보여 준다. 허허."

지혜의 얼굴엔 서운함이 덕지덕지 붙어 있었다. 내심 많이 기대하고 왔었나 보았다. 골프 약속만 아니었다면 어떻게 하든 함께하자 하려고 했다. 골프 약속은 부모님 초상이 아니면 깰 수 없는 불문율이 있기에 어쩔 수 없었다.

"오빠! 조금 쉬었다 가면 안 될까요?"

"그래 좀 쉬었다 가자. 산은 높지 않아도 경사가 가팔라 힘든 코스다."

"먹거리를 차에 두고 오지 않았으면 산에 버리고 갈 뻔했어요. 오빠 말 잘 들었다 싶네요. 히힛."

"산에 오를 때는 얇은 옷을 여러 겹 걸치고, 간단한 열량 식품, 최대한 가볍게….
특히 싸늘한 이런 날에는 면 속옷은 입으면 안 된다. 땀을 머금은 속옷 때문에 감기 걸리기 십상이다."

"등산 초보인데, 오빠에게서 많이 배우게 되네요."

"자… 얼마 안 남았다. 슬슬 움직여 보자.
뭐든 속도가 아니라 방향이다. 버킷리스트 하나를 달성하는 데 목적이 있으니, 무리는 하지 말자."

"예. 오빠!"

"지혜야. 등산 가방 이리 주거라."

"아니 왜요? 이미 오빠 배낭에 무거운 거 다 옮겼잖아요."

"여긴 계단이 가팔라지면서 옆 난간이 낮아진다. 잘못하면 위험하니 배낭은 이리 주고 난간 잘 잡아라."

"에이 저가 볼 때는 오빠가 더 위험해 보이는데요."

"알았다. 니가 앞에 서라. 예쁜 엉덩이나 구경하자."

"오빠, 나이 들어 가면서 변태기가 생기나 봐요!!"

"지혜야. 그런 게 아니고 계단이 가팔라서 혹여나 뒤로 넘어지려 할 때 뒤에서 잡아 주려고 그런 거지….
탄력성 있는 젊은 처자도 아닌데, 변태는 무슨 변태?"

"아하! 그런 깊은 뜻이 있는 줄도 모르고 죄송해요. 하지만 저 이래 보여도 필라테스 등으로 다져진 몸매예요. 히히힛."

"예예, 대단한 몸매의 소유자님 앞장서시지요."

초반엔 힘들어하더니 등에 땀이 날 즈음부터는 의외로 산을 잘 올랐다.

지혜는 하산하는 등산객에게 말을 걸었다.

"안녕하세요. 정상 얼마나 남았나요?"

"아. 2분만 오르면 정상입니다. 힘내세요. 화이팅!"

"감사합니다. 오빠! 2분이면 도착한대요."

"바보, 지혜 산에 많이 안 다녔지?"

"왜요. 제가 뭘 잘못 말했나요?"

"등산객들은 항상 선의의 거짓말을 해. 지치지 말라고….
아마도 10분 정도 더 올라가야 할끼다."

"그러는 법이 어디 있어요?"

"허허, 있잖아. 시골 촌에 가서 다른 마을 이름을 말하며 '얼마나 가야
해요?' 하고 할머니에게 물으면 '쪽바로 두어 발짝 가면 된다.' 그런다."

"저도 그런 경험 있어요."

"그거랑 똑같은 이치이다. 이해하겠나?"

"속은 기분인데… 감정은 상하지 않네요. 힛힛."

우리는 소위 '소확행'인 '소소하면서 확실한 행복한 시간'을 만끽하고 있었다.

《문수산의 가을》

들국화 무성한 꽃길에
단풍 물들인 옷의 행렬이
탁발승 되어 산을 오르고 있다

청명한 하늘을 등에 업고
문수산 무심히 들어서니
산사 목탁 소리가
때 묻은 심신을 씻어 낸다

정상에 다다르니 하늘은 짙어지고
풍경 소리와 녹음은 옅어지고
나무들은 옷 벗을 채비를 하는 듯
봇짐을 만지작거린다

잠시 머물 가을은 탁발승 되어
바랑을 등에 지고 봇짐을 챙겨
위에서 아래로 내려올 것이다

52

안전사고

"죄송한데, 사진 한 장 부탁드리겠습니다." 내가 먼저 올라와 쉬고 있는 등산객에게 사진을 부탁했다.

지혜와 나는 정상석을 앞세우고 섰다.
그런데 느닷없이 팔짱을 끼었다.

"아따, 그림 좋습니다!" 하며 몇 컷을 찍어 주었다.

"고맙습니다."

배낭에서 주섬주섬 꺼내어 간단하게 먹었다. '자유시간'이란 초콜릿과 달콤한 밀키스, 물 정도였다. 떡과 맛난 과일은 차에다 내려놓고 올라왔기 때문이다.

"지혜야, 국숫집 올라오면서 봤지?"

"예. 많던데요."

"그게 다 막걸리 가게라고 보면 된다. 가자. 시원한 막걸리 한잔하러."

"예. 오빠."

"올라올 때 그 가파른 계단으로 내려가야 하니 아주 위험하다. 잘 잡고 내려가야 한다. 이번엔 내가 앞장설게."

"이제 확실히 알겠어요. 오빠가 날 얼마나 많이 배려해 주고 있음을요."

"다행이다. 허허. 헌데 지혜야 오해는 하지 마라."

"무슨 오해요?"

"난 어떤 여자랑 아니 누구랑 오더라도 너에게 하는 행동을 그대로 한다. 무슨 말인지 알겠제?"

"예. 오빠는 누구에게나 상냥하고 배려심 많고 따뜻하게 대해 주는 게 장점이잖아요. 그 장점을 사모님은 좋아하지 않을 것이고, 저 또한 그래요. 그래도 어쩌겠어요. 오빠의 천성인데….
　오빠. 정상에 오르고 하산하려 하니 너무 좋은데요. 이게 도전에 대한 성취감인가요?"

"글치."

"나 혼자 뒷산에 자주 올라야겠어요."

"지혜야. 등산이나 일터에서 사고는 꼭 혼자일 때이다. '사고는 꼭 혼자서 움직이는 사람을 노린다.' 이 점 명심하거라. 산을 오르거나 위험한 작업을 할 땐 꼭 두 사람 이상 하도록 하여라."

"왜 두 사람 이상이어야 하나요?"

"한 사람이 사고를 당했을 때, 한 사람은 구급 처치뿐만 아니라 위급 상황을 119에 연락해야 하기 때문이다."

"아… 맞네요. 혼자 산에 가는 거 삼갈게요. 항상 오빠랑만 다닐래요."

"허허. 나랑만 등산하라는 것은 아니고…."

"오빠! 하산 길은 빠르네요."

"글치, 근데 산은 오를 때보다 내려올 때 더 조심해야 한다."

"왜요?"

"무릎 연골에 무리를 주기 때문이다. 아파트 계단을 걸어서 오르는 것은 추천하지만, 걸어서 내려오는 것은 추천하지 않는 이유이다."

"오빠, 그냥 예사로이 등산하는 게 아니네요."

"맞아! 마을 뒷동산 오르는 것처럼 생각하면 큰 오산이야."

"등산 시 주의해야 할 이야기 듣고 오다 보니 벌써 다 내려왔네요."

"자 시원한 막걸리 마시러 가자. 저 사찰이 '문수사'이다. 기도발이 좋다고들 하더라고…"

"오빠, 오빠는 교회 쪽 아닌가요?"

과거는 해석에 따라 다르고,
미래는 결정에 따라 바뀌며
현재는 지금 행동하기에 따라 바뀐다고 했다.

《문수사》

문수산의 뜨거운 태양을

가슴에 담으며
한 계단 한 걸음에 땀을 공양한다

정상에 가까워질수록
서슬 퍼렇던 태양은
한 걸음 한 계단 뒷걸음을 친다

산사는 푸근한 녹음에 젖어 들고
들릴 듯 말 듯 보살님의 독경은
미풍에 흔들리는 풍경 소리가 덮는다

목탁 소리는 고개 너머까지
붉게 물들이고
산속에 어둠을 토해 내게 한다

그림자조차 떠나고
많은 산새 소리 지저귐도
엄마 품속 같은 대웅전에 숨어든다

어둠이 산을 삼키면
산사의 가쁜 일상은 덮이고
고요의 소리만 보일 뿐이다

53

뜨거운 입김

술이 익어 가면 깊어진 풍미가 있다. 우정이 깊어져 가면 우러나오는 배려가 있다. 그러면 사랑이 여물어 가면 어떤 모습일까?

뒤뜰 감처럼 덜 익으면 텁텁할 터이고, 너무 많이 익으면 쉰내가 나서 먹기 힘들 것이다. 딱 알맞게 익은 감은 보기만 하여도 군침이 돈다.

겉만 붉은 사과보다는 속마음까지 붉게 물든 토마토같이 여문 사랑이면 맛과 향이 풍미가 있을 것이다.

토마토 같은 사랑을 하고 싶다.

사람이나 과일이나 겉보다 속을 파악하기가 쉽지 않다. 배롱나무처럼 속과 겉이 같은 사람을 만나면 복이다. 지혜에 대한 내 마음이 토마토일까? 겉만 번지르르한 사과일까?

지혜는 문수산 아래 국숫집이 아닌 무거동으로 나가서 마시자고 한다.

"오빠. 여기서 말고 대학교 앞으로 가요. 그래야 저도 한잔할 수 있잖아요."

"니도 오늘 한잔할라꼬? 누가 뭐래도 등산한 후 마시는 막걸리가 최고지. 그래 부산까지 대리 운전비 3만 원밖에 안 한다."

"누가 그러더라고요. 막걸리에 사이다 타서 마시면 죽인다고… 호호."

"맞다. 톡 쏘는 맛이 일품이지. 여자들이 그렇게 많이 마신다."

즐비한 국숫집을 뒤로하고, 대학교 맞은편 도롯가에 주차를 하였다.
우린 히말라야 정상을 정복이라도 한 듯이 의기양양하게 대학교 정문 앞 바보 사거리를 활보하였다. 제자들이 바글바글하는 대학교 앞인데도 지혜는 아랑곳하지 않고 팔짱을 끼고 있다. 어떻게 보면 부부 또는 친구처럼 보일 것 같았다.
다행히 주말이라 인사를 하는 제자들은 없었다.

"오빠, 우리 저기 가요."

"어디?"

"저기 지하 노래연습장요."

"노래 부르게?"

"아뇨! 오빠 아는 사람들 만날까 봐 노심초사하고 있잖아요. 노래방에서 술 마시면 신경 안 쓰이잖아요."

무심한 것 같았는데, 지혜는 내 속마음까지 읽어 내고 있었다.

"그거 말 되네…"

대학교 앞이라서인지 대낮임에도 불구하고 문이 열려 있었다. 들어가 출입문을 여니, 젊은 아이들이 노래하는 소리가 들렸다.
젊은 여주인이 쪼르르 달려와 흘깃흘깃 보더니 방을 안내했다. 여주인은 당연하다는 듯이 마이크를 후후 불며 테스트를 하였다.

"사장님 맥주하고 과일 안주 좀 주세요."

"여긴 노래연습장이라 캔 맥주와 마른안주밖에 없어예."

"예. 알겠습니다. 그거라도 몇 캔 넣어 주세요."

사장이 나가자마자, 지혜는 핸드백을 챙겨서 나가려고 했다.

"화장실 갈려고?"

"아뇨. 오빠! 잠시만요." 하고서는 밖으로 나갔다.

여사장이 넣어 준 캔을 하나 따서 새우깡을 안주 삼아 먼저 마시고 있으니 지혜가 들어왔다.

"어디 갔었노? 전화하고 왔나?"

"아뇨, 쉬잇!" 하고는 핸드백에서 '시바스 리갈' 양주를 끄집어내었다.

"헉! 이게 뭐꼬. 양주 아이가?"

"오빠에게 시원하게 말아 드리려고 편의점에서 몰래 사 왔어요. 테이블 밑에 두고 마시면 돼요."

"니 많이 해 본 솜씨다. 허허 참."

"아줌마들의 근검절약 정신이지요. 제가 제조하겠습니다."

"그래 솜씨를 보여 봐라."

일반 맥주잔이 아니었다. 맥주잔보다 더 큰 플라스틱 잔이었다. 지혜가 제조한 폭탄주를 마시니 아주 짜릿하게 잘 넘어갔다. 폭탄주에 새우깡 안주도 제법 어울린다. 지혜도 폭탄주를 3잔 정도 마셨다. 그러더니 일어나 노래하자고 했다.

"오빠, 오빵 일어나용. 저랑 노래해요."

"니 갑자기 와 이라노? 무섭다."

"오빵 와앙! 잡아먹을랭. 히히힛."

혀가 꼬여 발음이 제대로 되지 않았다. 노래 번호를 넣더니 곧장 나를 부른다.

"오빵 우리 블루스 곡에 맞춰 춤 춰용."

간주곡의 고운 선율을 타면서, 애절하게 날 갈구하는 모습으로 불러낸다. 소파에 무작정 나 몰라라 하고 앉아 있을 수 없었다. 일어섰더니 지혜는 100m 달리기에서 결승선 테이프를 끊듯이 내 가슴으로 뛰어들었다.
조용필의 〈돌아오지 않는 강〉이었다.
처음엔 안겨서 노래하더니 곧 포기를 하였다. 마이크를 든 채 콧김만 불어 내고 있었다. 목덜미 옆 귓불에 뜨거운 숨소리가 한여름 유리창에 부딪혀 흐르는 빗방울같이 감미로웠다.
후~혹! 불어 내는 콧김이 나를 자극하기도 하였다. 단전에서 묵직하면서 뜨거운 무엇이 끓어오르는 느낌이었다. 폭탄주에 다리가 풀렸는지, 등산을 한 후라서 다리가 풀렸는지, 온몸을 나에게 기대어 왔다. 싸늘한 바깥 기온과는 달리 이미 내 몸은 뜨거웠고, 심장을 부풀어 올랐다.
의식적으로 밀어내어 보았지만, 물에 빠져 익사 직전의 사람처럼 내

목을 있는 힘을 다해 끌어안고 있었다. 야멸차게 떼어 낼 수가 없었다. 노래 반주가 멎은 지 제법 지났음에도 고목에 매미처럼 딱 붙어 있었다.

"지혜야! 자아, 한 잔 더 하게 소파에 앉자. 나도 노래 한 곡 부르게."

하지만 지혜는 요지부동이었다. 등산이 목적이 아니라 노래방이 목적인 것 같은 의구심이 살짝 들었다. 어찌어찌하여 소파에 나란히 앉게 되었다. 마주함보다 더 위험해 보였다. 고개를 가누지 못하고 나의 어깨에 기대어 왔다.
그러면서 "오빠. 오빵!" 하면서 나를 찾고 있었다. 나는 지혜의 열기가 뜨거워서, 노래방 분위기가 더워서 혼자서 몇 잔을 더 했다. 제법 얼큰한 술기운이 올라왔다.

지혜의 뜨거운 입김이 목덜미에 주렁주렁 엉글어 가고 있었다.

《저녁노을》

서산에 숨어든 태양
노을을 선물하고
붉게 타는 노을은 식어 가는 태양
이글거리는 화덕에 넣어 담금질하여
노을이 지고 나면

청동별과 은백의 달이 떠오를 것이다

노을은 나의 서정이다
청춘은 젊음을 지난 세월에 던져 놓고
가슴 뜨거운 사랑을 그려 나간다
생각만으로 두근거리는 사랑
나의 젊은 날의 초상이다

두 볼에 붉은 노을이 젖는다
가슴팍으로 파고드는 노을 부여잡아
땅거미 늘어지기 전
식어 가는 나의 인생 붉게 물들이고 싶다

54

신의 선물

"오빠, 에잉 조금만 더 놀아도 되는데…."

"지혜야 너 조금 취한 거 같거덩. 밖에서 바람 좀 쐬자."

노래연습장에서 간신히 벗어났다. 뜨거운 입김에 하마터면 보여 줘서는 안 될 모습을 보일 뻔했다. 립스틱 짙게 바른 입술에 내 입술을 얹고 싶었다. 입술이 바짝바짝 말라 왔었다.

우스갯소리로 술 중에 제일 맛있는 것이 입술이라 했었다. 그 맛있는 술을 맛보고 싶었다.

술이 제일 맛있을 때는 등산이나 땀 흘리는 일을 하고 나서 아니면 목표한 팀 프로젝트를 완성한 후 마시는 술맛이 가히 일품이다. 하지만 뭐니 뭐니 해도 썸 타는 여인과 마시는 술맛이 최고이다.

부족한 용기도 술기운으로 보충도 하고 분위기에 따라 넌지시 감정을 드러내는 술이 주는 만용.

지혜와 나는 썸 타는 관계일까? 20대 때 죽고 못 사는 사이였으니 이미 그 단계를 넘어섰을지도 모른다. 세상에 다양한 사람이 있는 만큼 연애의 모습 또한 각기 각색이거나 다양할 것이다.

썸의 단계에서 일반적으로 제일 많이 긴장하고 마주한 사람에게 잘 보이려고 노력한다. 화려한 미사여구도 구사할 것이다.

쫄깃한 심장….

경험해 본 자만이 느낄 수 있는 특혜이다. 꼭 썸 타는 관계에서 연애 단계로 넘어가지 않을 때도 있다. 관심이 있다는 말조차 끄집어내지 못하고 영원히 키다리 아저씨로 남는 경우가 허다하다.

잘못 고백하였다가 썸 타는 이 관계마저 깨어진 유리잔 될까 봐 두려움에 몸서리치기도 한다. 용기가 부족해서가 절대 아니다. 외줄 타는 짜릿함을 즐기거나 그냥 아껴 주고픈 화단의 꽃처럼 마주하려 한다.

진도가 더 나아가 꽃을 꺾는다면 이미 그 꽃은 생명을 다한 것이나 마찬가지이다. 아니면 새로운 F2란 열매를 맺을 것이다.

그렇다고 모두가 저런 케이스로 순조롭게 진행되는 것은 절대 아니다.

여튼 사랑은 얄궂어서 확인과 확신을 요구한다. 이를 소위 사랑이라고 치부하면서 다가온다.

그렇다고 이런 행위가 서로의 동의하에서나 자연스럽게 원해서 이뤄진다면 이보다 아름다운 사랑이 어디 있겠는가.

지혜와 나의 관계에서는 지켜야 할 선이 있다. 어쩌면 지워지는 연필로 그은 선은 아닐 테다. 투명한 유리벽일 터이다.

마주 볼 수 있고, 표정을 보고 느낄 수 있는…

대형 수족관 속에 금붕어는 지혜일 테고, 난 밖에서 구경하는 구경꾼

일 수도 있다. 반대일 수도 있다. 선을 지우거나, 넘는다는 것은 대형 수족관이 깨어져 범람하는 것과 같은 이치일 것이다.

나는 가정이 있고 마눌의 믿음에 배신을 선물할 수 없다. 역시 지혜도 구속받기 싫을 것이다. 어느 한 사람이 선을 넘으려 하면 또 한 사람이 제어를 해 주면 된다.

일탈을 꿈꾸지 않는 사람, 즉 호기심 없는 사람은 드물 것이다.

하지만 느지막이 지혜를 다시 한번 더 만나게 해 주심은 '신의 선물'이라 생각한다. 이 선물 깨트리지 않고 오래 간직하고 싶다.

그러기 위해선 유혹 앞에 쉬이 무릎을 끓으면 되지 않는다. 나는 묵시적으로나 구두로 약속한 바를 지켜 주는 게 믿음과 신뢰이다. 믿음과 신뢰가 더 중요한 관계를 유지하여야 지속된 만남이 가능하다.

"오빵! 오우빵!"

팔짱을 풀고는 쪼르르 달려 내 앞을 가로막는다.

"니 자꾸 와 이라노?"

"오빠 강열 오빵 찬바람 쐬니 이제 술이 깨요. 딱 한 잔 더 할래용?"

"바람 좀 더 쐬자."

"치잇! 사실 오빵 저 좋죠옹? 저 깨물고 싶죠. 히히힛. 알아요. 오빠 마음."

"니 뭐라카노? 니 몇 살이고 그리고 여기 어딘고 아나? 울산대학교 앞이다."

"걱정 마용. 알아요. 말해 봐용. 내 많이 좋아하고 사랑한다고옹."

그러고는 아이처럼 내 앞에서 폴짝폴짝 뛰기도 하고, '나 잡아 봐라' 하듯 앞으로 달려가기도 했다. 상상도 못했던 행동이다.

저 친구 50대 중반을 넘어선 아줌마인데, 심히 걱정이 앞섰다. 나도 처음 경험한 바라 어떻게 통제해야 할지 몰라 안절부절못하기도 했다.

'아… 누가 볼까 봐 빨리 도망치고 싶다. 지혜에게 술 많이 먹여서는 안 되겠다.'

지혜는 술기운을 빌려 이젠 아무렇지도 않게 스킨십을 하려 한다. 이 아줌마 무섭다. 아니 매우 귀엽기도 하다.

"지혜야. 저리 가자. 궁거랑 따라 좀 더 걷자."

"궁거랑이 뭐예요?"

"활 궁에, 거랑은 작은 물줄기로 활처럼 생긴 내(또랑)란 것이다."

어떻게 하든 술을 깨게 하고 싶었고 사람들이 덜 있는 곳으로 인도하는 것이 급선무였다.

"오빵, 오빵 있잖아요. 사실은 제가 단 한순간도 오빨 잊어 본 적이 없어요. 오빠도 그랬죠잉?"

20대에도 못 본 지혜의 애교에 시간 가는 줄 몰랐다.

《꽃》

너를 물병에 꽂아 두면
얼마 지나지 않아 시들고

예쁜 화분에 담아 집에 두면
정성을 들여야 얼마일 뿐

마당에 심으면 그 향기마저도
한 철 지나면 사라져

내 곁을 오랫동안 머물지 못하고
시들거나 쓰레기가 되고 말지

그래서 생각했어

향기 잃지 않고 시들지 않는

너를 내 가슴에 꼭꼭 심기로

55

견고한 담장

미처 몰랐던 지혜의 애교에 콘크리트 철벽이 순식간에 무너져 내림을 느꼈다. 철옹성 성벽을 두른 어떤 남자라도 지혜의 애교 앞에서는 와르르 무너지는 모래성에 불과할 것 같았다. 결단코 모래성이 되지 않을 자신 있다고 난 솔직히 장담할 수 없다.

지혜는 궁거랑 길을 걸으며 많이도 재잘거렸다. 오십 중반을 넘은 여자가 귀엽게 보여지는 여자는 지혜가 처음이다.

폭탄주 몇 잔이 이성의 끈을 놓게 했나 보았다. 한 발짝 물러나 바라본 지혜의 모습은 가식의 가면을 벗고 행동하고 있었기에 보기 좋았고 아름다웠다.

아마도 꼭꼭 숨겨 두었던 애교를 여기저기서 다 끄집어내어 밤하늘 불꽃놀이 하듯 쏘아 올렸다. 그런 애교를 못 받아 준 나 자신이 얄미웠다.

다행히도 얼굴에 그늘 한 점 없이 많이 웃고 떠들다가 부산으로 내려갔다.

"오빠. 버킷리스트 두 번째가 뭔지 알아요?"

"뭘까?"

"추억의 거리 함께 걷기입니다. 오빠랑 경주 보문단지 자주 갔잖아요. 다음에 날 잡아 한번 가요. 가 줄 거죠?"

"언제든 날만 잡아라. 나는 언제든 콜이다."

"약속하셨어요. 정말정말 고마워요."

"고맙긴 나도 타임머신을 타고 그 시절로 돌아가고 싶었다."

"오빠도 나랑 똑같은 생각을 하셨구나."

"지혜야. 저분 대리기사인가 보다. 준비해라."

"맞네요. 오빠, 부산 도착하면 문자 보낼게요. 조심히 집에 들어가세요."

"응. 오늘 지혜 덕분에 많이 즐거웠다. 잘 가."

뉘엿뉘엿 넘어가는 해를 마주하며 지혜는 부산으로 돌아갔다.
지혜의 물음에 대답해 주느라, 맞장구쳐 주느라, 애교에 배꼽 잡고 웃느라 정신이 하나도 없었다. 그러는 사이 나의 취기도 다 사라졌다.
지혜가 부산으로 떠나고 나니 한순간의 신기루가 뻥하고 사라진 기분이었다.

하지만 멍하니 그 자리에 서 있을 수만 없었다. 힘 빠진 발걸음으로 울산대 앞을 벗어났다. 택시를 타려다 말고, 술도 더 깰 겸 집까지 걷기로 마음먹었다.

> "함께 영원히 있을 수 없음을 슬퍼 말고
> 잠시라도 같이 있을 수 없음을 노여워 말고…
> (중략)
> 주기만 하는 사랑이라 지치지 말고
> 더 많이 줄 수 없음을 아파하고
> 남과 함께 즐거워한다고 질투하지 말고
> 이룰 수 없는 사랑이라 일찍 포기하지 말라."
>
> – 한용운 시인의 「인연설」 중에서 –

지혜와 나 사이의 처음 거리는 30년 간격만큼이나 소원한 관계였다.

하지만 과거 함께한 미완성의 추억이 우리 두 사람 사이의 징검다리가 되어 많이 가까워졌다. 거리 사이에 징검다리를 많이 놓을수록 더 친밀해질 것임을 우리는 알고 있었다. 그러기에 더 많은 징검다리를 놓기 위해 만나고 과거를 공유하며 믿음을 쌓아 가고 있다.

삶에 있어서 무수한 조각과 파편들을 쏟아내었다. 하나하나 주워 담아서 징검다리로 놓고, 징검다리 위에 쌓으면 유의미한 추억의 다보탑이 될 것이다.

더 가까이 다가오려고 끊임없이 노력하는 지혜의 모습은 가상하지만, 지켜야 할 선이 있었다. 서로가 잠시 흐트러지긴 하여도 우리는 다시 금방 제자리로 돌아온다. 한순간의 감정에 휘둘리기에는 늦은 이순을 목전에 둔 나이이다. 산전수전을 다 겪은 우리 나이쯤엔 여간해서는 감정에 매몰되지 않는다.

무뎌진 감정은 숨길 수 없는 슬픈 사실이기도 하다.

《접은 감정》

지나치며
그냥 눈인사만 나눌 뿐인데

예전부터 아는 사이처럼
익숙해져 가고

상상조차 못 한 엉뚱한 곳에서
꿈틀대는 감정

살아오면서 쉬이 느껴 볼 수 없는
감당하기 힘든 설렘

이미 움튼 감정으로 모래성을 쌓기도

상상화를 그려 보기도

뛰어넘을 수 없는 경계선으로
그림이 그려지지 않아

애당초 이어 갈 수 없는
그림이라 접고 말았다

평생 올까 말까 한 감정을
미쳐 죽을 만큼 끌리고

가까이 가까이 다가서고 싶은
통제받지 못한 감정을

충분히 받아들이지 못하고
소중히 느껴 보지 못하고

56

슈트 선물

전화로 목소리를 들어 보면 지혜는 울산 남암산을 산행한 후 더 한층 밝아졌다. 땀을 흘리며 함께 산을 오름은 동지 의식도 생기고 서로 끌어 주고 배려해 주는 가운데 서로의 관계가 더욱 끈끈해졌다고 생각하는 것 같았다.

그뿐만 아니라 노래방에서부터 궁거랑 길을 걸으며 더욱 돈독한 관계로 발전하였다고 느낄 것이다.

50 중반을 넘어선 아줌마가 한때나마 흠모했던 남자 앞에서 애교를 작렬한 것은 아무리 술기운을 빌렸다고 하지만 여간한 용기 없이는 힘들다.

나 역시 지혜와 더욱 가까워짐을 느끼고 있기에, 어쩌면 지혜의 작전은 성공적으로 마무리된 것이다. 지혜는 시들어 가는 꽃이 아니라 붉게 농염해져 가는 꽃이었다.

부산을 내려간 후 며칠이 지났을까…

지혜로부터 전화 요청이 톡으로 왔다.

"오빠!"

"왜?"

"내일모레면 봄이에요. 봄에 딱 어울리는 선물을 준비하려는데…."

"무슨 선물? 네가 나에게 선물인데 무슨 선물을 준다는 거냐?"

"에이. 그런 게 아니고, 오빠에게 주려고 내 손으로 직접 디자인하여 한 땀 한 땀 바느질한 봄 슈트를 제작하려 해요. 대충은 짐작하겠는데, 그래도 확인하는 게 정확하겠기에…."

"뭘 확인하고프다는 것이냐?"

"오빠 현재 키!"

"키를 떠나서 아서라! 네가 날 생각해 주는 것은 눈물 나게 고맙지만 받을 수 없다."

"왜요. 사모님 때문이죠? 걱정하지 마요. 한 벌 샀다고 하면 되잖아요."

"아직까지 내가 내 옷을 산 적이 단 한 번도 없어. 그런데 나 혼자 백화점에 가서 양복을 샀다고 하면 마누라가 뭐라 하겠노?"

"멋있어서 샀다 하면 되지 않을까요?"

"그렇지 않아도 주말만 되면 밖으로 나간다고 '밖에 애인 만들었나?' 하고 색안경을 끼고 쳐다보는데…"

"아… 손수 정성을 다해 직접 만들어 오빠에게 입혀서는 '백마 탄 왕자'로 변신시키려고 했는데 아쉽네요."

"지혜야, 그러고 보니 예전에 네가 나한테 털실로 털목도리 짜서 선물해 주었지? 여러모로 고마운 네 마음 접수할게요."

"아… 벙어리장갑도 짜서 선물해 주었는데요. 부끄럽다고 얼마 착용하지 않았어요."

"그래 넌 나에게 많은 것을 선물해 주었던 것 같다."

"난 군대 갈 때 국제시장 안에 있는 깡통시장에서 비닐 핸드백 하나 사서 너에게 선물해 준 기억밖에 없다."

"오빠 아니에요. 저에게 많은 선물을 주셨어요. 물질적인 선물보다 추억이랑 정신적인 풍요를 수없이 선물해 주셨어요. 솔직히 오빠 학생 때 경제적으로 많이 궁핍하였잖아요."

"그렇게 받아들여 주니 고맙네⋯."

"오빠가 착하고 예뻐서 오빠에게 괜찮은 것 선물하고픈데⋯. 뭐 받고 싶은 것 없어요?"

"아까 이야기했잖아. 네가 선물이라고⋯."

"오빠. 그런 것 말고⋯ 시계나 지갑 등 필요한 것 없어요? 없다 하지 말고 제 성의이니 하나는 꼭 말해 줘요."

"알았다. 천천히 생각해서 말할게."

"오빠⋯ 꼭 말해 줘요. 그리고 당분간 저 아주 많이 바빠요. 시간에 맞춰 전화도 하기 힘들 수 있어요. 봄 상품 때문에요."

"그래, 멋있다. 남자나 여자나 자기 일에 집중하는 모습이 제일 섹시하다고 했다.
나도 새로 들어온 신입생 관리로 바빠질 것이다. 자기에게 주어진 일에 최선을 다하고 난 후 보자꾸나."

"역시 오빠는 최고예요. 이 세상에서 제일 멋진 남자고요.
선물을 안 줄래야 안 줄 수가 없어요."

《선물》

내 인생에 있어서
제일 큰 선물은 당신을 만난 것이다

선물에 보답하려
백화점에서 고르고 찾아도 마땅치 않아

보석을 보아도
당신만큼 눈부시거나 빛나지 않아

장미와 여러 꽃을 보아도
당신만큼 아름답거나 향기롭지 않아

어쩌나 당신만큼 향기롭거나
예쁜 선물 찾을 수 없어서

57

옹이와 마디

　유치찬란한 말을 주고받으면서도, 얼토당토않은 행동에서도, 웃고 자지러지기도 하는 가운데, 바야흐로 시간은 기다림 없이 흘러갔다.

　잠시 왔다가 가는 봄은, 우리에게 많은 것을 선물을 해 준다. 동토에 새싹을 움트게 하고, 신비롭고 경이로움에 경탄하지 않을 수 없게 한다.
　특히 두꺼운 옷을 벗는 동시에 꽁꽁 닫아 두었던 마음의 문까지 빼꼼 열게 한다는 것이 봄이다.

　지혜의 일상도 봄을 맞아 눈코 뜰 새 없이 바쁜가 보았다. 꽁꽁 싸맨 여자들의 젖가슴에도 봄이 오기 마련이니 이때가 최고의 매출을 올릴 기회이다. 누구 하나 없이 설레고 분주한 시기이기도 하다. 베테랑 디자이너인 지혜는 더욱더 그러할 것이다.

　학원도 마찬가지이다.
　신규로 들어온 신입생이 무난히 안착할 수 있도록 관심을 가져야 한다. 첫 수업을 하고 나면, 학생에게도 피드백을 해야 한다. 또한 학부모에게도 반드시 피드백을 받아야 한다. 일 대 일 수업은 아니지만 그만큼 지속적으로 관심을 주고, 보여 주어야 한다.

한 학생이 학원에 신입생으로 들어오게 되면 6년 이상 다니는 경우가 적지 않다. 하지만 관리 소홀과 선생님의 잦은 교체 등으로 6개월도 못 다니고 퇴소하는 경우가 많다. 퇴소생 학부모의 입김은 학원에 좋지 않은 방향으로 상당한 영향을 끼친다.

이러한 사실을 알면서도 중과부적으로 도저히 어쩔 수 없을 때가 허다하다.

남녀 간에 만남도, 사회생활 하면서 여타 만남도 끝이 좋아야 한다. 옛말에 회자정리라 하였다. 만나면 언젠가는 헤어져야 하듯, 헤어짐 역시 언젠가는 또 만날 수 있음을 의미하고 있다.

헤어지는 마당에서, 퇴사하는 입장에서 앞으로 절대 안 볼 사이처럼 행동해서는 안 된다. 그렇다고 미련 따윈 남겨 두란 것은 절대 아니다.

연인 간의 이별이어도 사유를 명확하게 또한 단호하게 전달하여야 한다.

지혜와 나의 이별은 나의 오해와 여러 복합적인 사유로 인한 도피였다. 지혜를 위한답시고 이별을 택했다. 진정 그 사람을 사랑한다면 행복을 빌며 보내 주어야 한다는 통속적인 말에 현혹되었다. 보내 준 것이 아니라 결혼이란 무겁운 무게와 깊이를 알 수 없는 두려움으로부터 내가 도피를 한 것이다.

26~27살에 아무 준비 없이 결혼한다는 것은 무모한 도전이었다.

지혜를 향한 달콤한 사랑이 어느 덧 버거운 사랑으로 다가왔었다. 다시 그 시절로 돌아간다 하더라도 똑같은 결정을 할 것 같다.

그리고 보수적인 내 사고에서는 '지혜의 잠시 잠깐의 흔들림'을 받아들일 수 없었다. 이 부분에서 난 30여 년간 많이 아파했고 후회를 했다. 헤어짐은 피할 수 없는 정해진 수순이었겠지만, 편협한 나의 사고관이 지혜에게도, 나에게도 지워지지 않는 상처를 남기게 한 것이다.

어떻게 보면 이것으로 인해 많이 깨우쳤고 다시 만나는 계기가 되었다.

지혜와 난 30여 년이란 시간과 공간을 뛰어넘어 서로 또는 스스로 지워지지 않은, 차마 지울 수 없었던 상처 흔적을 어루만지고 쓰다듬으며 치유하고 있는 것이다.

유난히 따뜻했던 겨울을 보내었다. 지난겨울을 결코 잊을 수 없을 것이다. 이런 긴 공백이, 단절의 시간이 우리 두 사람을 더 단단하게 만들었다.

어쩌면 지혜는 나를, 나는 지혜를 마음속에서 들어내고픈 옹이 같은 존재였을 것이다. 차마 들어내고 나면 그 공허한 빈자리를 채울 수가 없었기에 지금까지 품고 살아왔을지도 모른다.

옹이가 마디가 될 수 없겠지만, 마디처럼 외적인 성장이 아니라 내적인 성숙은 분명코 있었다. 그래서 지금은 기다리는 법도 알고, 배려할 줄도 알고, 보이지 않더라도 서로를 이해하고 기도할 수 있는 여유를 가졌다.

지금은 서로 바쁘지만, 다음 주 정도 지혜는 불현듯 봄 햇살처럼 찾아

올 것이다. 해맑은 모습으로 찾아오는 지혜는 나에게 생동감 넘치는 활력을 그리고 프리지아꽃 향기를 듬뿍 담은 봄을 선물해 올 것이다.

많이 기다려진다.
이래저래 봄은 설렘이다.

《아쉬움》

지나간 자리
지나간 시간이 쓸고 갔지만

앉은 자리 속으로 상처가 되어
옹이가 되었지

살갗들에 꽁꽁 에워싸여
홀로 된 옹이

이겨 내지 못하고 떠난 자리
구멍이 되더니

못난 구멍으로
시린 바람이 지나친다

남들과 어울리지 못하는
옹이보다는

통증을 굳건히 이겨 낸
마디로 남았더라면

신의 선물

ⓒ 김종국, 2023

초판 1쇄 발행 2023년 10월 27일

지은이   김종국
펴낸이   이기봉
편집   좋은땅 편집팀
펴낸곳   도서출판 좋은땅
주소   서울특별시 마포구 양화로12길 26 지월드빌딩 (서교동 395-7)
전화   02)374-8616~7
팩스   02)374-8614
이메일   gworldbook@naver.com
홈페이지   www.g-world.co.kr

ISBN   979-11-388-2389-0 (03810)